Jan Flieger

Man stirbt nicht lautlos in Tokyo

W0343192

edition·krimi

1. Auflage, August 2016

***

Lektorat: Anne Geißler
Umschlaggestaltung: ama medien
Umschlagmotiv: photocases.com/ hornharry
Satz: ama medien
Druck und Bindung: MCP, EU

***

ISBN 978-3-946734-03-1

***

www.edition-krimi.de

Für Nanako Takamura aus dem Stadtteil Asakusa, die mir Tokyo erschloss, die japanische Seele und den Buddhismus.

Wenn dein Schwert das deines Feindes trifft,
zögere nicht, sondern greife mit der vollkommenen
Entschlossenheit deines ganzen Körpers an …

MIYAMOTO MUSASHI, Das Buch der fünf Ringe

Prolog

Auftauchen mussten sie aus dem steinernen Schutz all der Grabstätten, anders konnten sie sich ihm nicht nähern, wenn sie ihn töten wollten, doch das Mondlicht würde ihm dann ihre Körper zeigen.

Die Ruhe des moosbewachsenen Buddha, an dem er sitzend lehnte, erfüllte Pechstein nun, und die Pistole verschmolz dabei förmlich mit seiner Hand, so, als wäre sie ein Teil seines Körpers. Der Tod, den er mit ihr herbeirufen würde, war wie ein Bruder, er hatte ihn immer begleitet, hier in Tokyo, bis zu diesem gewaltigen Friedhof, der Aoyama Bochi hieß. Und er glaubte sogar, den Druck auf der Schulter gespürt zu haben, den Druck seiner Knochenhand. Aber nicht drohend, als Erinnerung wohl nur, wie rasch die Zeit verrann, die ihm noch verbleiben würde.

Lauschend wartete er, jedoch ohne Angst. Und dann liefen unvermittelt vor seinem inneren Auge all die Tage in Tokyo ab, die hinter ihm lagen, beginnend mit der ersten Nacht nach der Landung auf dem Flughafen Narita, hoch oben, im sechsunddreißigsten Stockwerk seines Hotels …

Erster Teil

1.

Schwarz und drohend wirkte der Himmel auf ihn, und es schien, als ob all die Sterne hinabgefallen wären, um diesen schier endlosen Teppich aus funkelnden Lichtern zu bilden, der tief unter ihm lag. *Wie kann ich je meine Tochter finden, die hier verschollen ist*, dachte er, und seine Kehle war so trocken, als läge, wie vor Jahren, dieser quälend lange Marsch in der Sahara hinter ihm. Der Husten hielt ihn gepackt, dieser elende trockene Husten, ohne den jedoch die Ärzte den Krebs wohl nie entdeckt hätten, und auch erst dann, als er schon verloren war. Und wieder versuchte er, so wie er es immer tat, ihn zu ignorieren. Das Gefühl der Schwäche erfüllte ihn, als er die Stirn an das Glas presste. Und er sah das Spinnennetz der miteinander verwobenen Betonbänder der Hochstraßen wie Ströme aus flutender Helligkeit, als Schneisen im Stahlbetonwald der Häuser und Glastürme. Die Stadt erschien ihm wie eine Fieberfantasie voller Irrlichter, die bis zum Horizont reichte. Und seine Lippen zitterten, als er auf den Tokyo Tower starrte, diesen Eiffelturm der Japaner. Er wirkte auf ihn wie ein drohender Zeigefinger aus glühendem, orangefarbenem Stahl, als ob er ihn warnen wollte vor dem, was ihn erwarten könnte.

All die vielen ineinander verschlungenen und namenlosen Gassen im Labyrinth der Stadtteile hatte das Dunkel verschluckt, doch würde er nun, wie von einer unsichtbaren

Kraft getrieben, eintauchen müssen in diesen Irrgarten tief unter ihm, er, ein Gaijin, wie die Japaner sagten, ein Fremdling.

Noch wusste er nicht, ob dieser Moloch Tokyo auch ihn verschlingen würde, so wie er seine Tochter verschlungen hatte – noch wusste er nicht, was mit ihr geschehen war, noch lagen die Monate vor ihm wie ein leeres Blatt; noch wusste er nicht, dass er es mit Blut beschreiben würde …

2.

Wie immer zu Tagesbeginn kamen viele der Raben Tokyos, als riefe sie eine geheime Botschaft, die nie jemand würde je entschlüsseln können, im Yoyogi-Park zusammen, um zu kreischen ohne Ende. Das brodelnde Leben im Häuserdschungel hatte begonnen, doch vernahm Pechstein keinen Laut hinter dem schalldichten Glas; noch lag er reglos in seinem Bett, noch wirkte das Schlafhormon, dieses Melatonin, das die Umstellung seiner inneren Uhr erleichtern sollte. Doch fieberte er schon dem Gespräch im Präsidium der Tokyoter Polizei entgegen, einem Gespräch, das so schwer zu erlangen gewesen war, aber die deutsche Botschaft doch endlich hatte ermöglichen können. Was aber würde er erfahren? Vor seinem inneren Auge sah er sich, als er den Brief der Botschaft las, dass es in Tokyo keine weiteren Ermittlungen zum Verschwinden seiner Tochter geben würde. Minutenlang hatte er reglos dagestanden. Konnte er nun die Polizei bewegen, die Fahndung nach seiner Tochter wieder aufzunehmen, einer Tochter, die er schon selbst hatte aufgeben wollen, weil sie immer aufsässig und oft schwer zu begreifen gewesen war und gegen die er sogar die Hand erhoben hatte?

Heute aber, als ein vom Tode Gezeichneter, dem nur noch Monate seines Lebens bleiben würden, sah er Ronja in einem anderen Licht, sie, die er in ein Korsett hatte zwingen wollen, in ein seinen Vorstellungen entsprechendes Leben, gestaltet wie nach einer Dienstvorschrift. Eine Punkerin als Tochter hatte er, ohne jede Toleranz, nicht dulden wollen, er hatte sich sogar für sie geschämt, und so war sie geflohen, um lieber auf der Straße zu leben, in Berlin, in Köln und nun in Tokyo, ohne seinen Zwang. Viel zu spät, erst im Angesicht seines Todes, begriff er die eigenen Fehler. Hart war er geworden bei der GSG 9 und später bei der Polizei, auch im privaten Leben – Härte als Markenzeichen, selbst gegen die Frau, die Tochter. Ein gehasster Bulle war er gewiss für Ronja gewesen. Nun trieb ihn eine Mischung aus bohrendem Schuldgefühl und wieder erwachter Liebe, seiner Tochter zu folgen, der er seine Zuneigung nie hatte wirklich zeigen können. Was aber konnte er wiedergutmachen? Was würde geschehen, wenn er sie aufspürte? Würde sie sich abwenden von ihm und diesmal endgültig? Ein Schmerz brannte in seiner Brust, den er immer dann spürte, wenn er intensiv über sie nachdachte. Hätte er es nur schon viel eher getan, nicht erst zu einem Zeitpunkt, da ihm der Tod so nahe war und ihn die Ärzte bestrahlten oder gar den linken Lungenflügel nehmen wollten. Konnte er Ronjas Verzeihen erwarten? Er wusste es nicht, denn was würde er selbst an ihrer Stelle tun? Doch musste er sie finden, auch wenn die Suche nahezu aussichtslos erschien, eine Suche, auf die er sich so intensiv vorbereitet hatte, wie es nur möglich war, auf all die Stadtteile, auf das Netz der U-Bahnen, auf die Mentalität der Bewohner, und sogar auf die Fehler, die er als Fremdling nicht begehen sollte. Denn bevor Ronja in Tokyo verschollen war, kannte er von Japan nicht viel, nur einen Maler, von dem als Geschenk seiner Frau zwei Drucke in der Wohnung hingen, bis zu dem Tag, als sie ihn verließ. Auf dem einen war ein weißes Pferd zu sehen in einem geheimnisvollen blauen Wald. Der Maler hatte zu diesem Bild geschrieben, dass niemand den Wald tief im Herzen ergründen könne. Auch er, Kai Pechstein, hatte es bei Ronja nicht getan. Ein leichter Schmerz brannte wieder in seiner Brust, und der Husten quälte ihn, dieser elende, ständige Husten, der bleiben würde bis zu seinem letzten Atemzug, begleitet von einer Mattigkeit, die ihm fremd war in seinem bisherigen Leben, in dem er sich für unbesiegbar gehalten hatte.

3.

Eine Hand auf seinen rechten Lungenflügel pressend erhob er sich, um barfuß zum Panoramafenster zu laufen, und er sah die Sonne am Horizont als einen grell blendenden Ball, so dass seine Augen schmerzten, als sein Blick auf ihr ruhte, und er schloss rasch die Lider, ohne dem inneren Brennen entgehen zu können. Längst war die Stadt erwacht und die Ströme all der Pendler strebten ihren Arbeitsplätzen entgegen wie Ameisen ihrem Bau, in den Japan-Rail-Zügen, in den U-Bahnen, in der schwitzenden Enge, in der kein Wort fiel, und in den Autos auf mehrstöckigen Hochstraßen, in den Schluchten der gewaltigen Riesen aus Beton, Glas und Stahl.

In der Ferne, weit, sehr weit, wenn er in Richtung des Tokyo Towers schaute, der nun bei Tag in weißen und roten Farben vor ihm stand, nicht mehr drohend wie in der Nacht, konnte er die Schneekuppe des Fuji-san sehen, majestätisch und einmalig, als wäre sie wahrhaftig der Sitz der Götter, die ja allgegenwärtig sein sollten in Tokyo, wenn man an sie glaubte. Pechstein aber glaubte nicht an sie und so würden sie ihm bei seiner Suche auch nicht helfen.

4.

Das Gebäude des Metropolitan Police Departments fand er rasch, es war nicht zu verfehlen: Ein elfenbeinfarbenes Bauwerk, achtzehn Stockwerke hoch, gegenüber dem Palast des Tenno und dem großen Park, in dem er noch eine Runde gedreht hatte, da er zu früh gekommen war, viel zu früh. Der Polizist, der Pechstein mit ausdrucksloser Miene durch einen Gang im elften Stock führte, klopfte an eine Tür.

»Dozo, Herein«, vernahm Pechstein, der den Raum allein betrat, denn der Polizist folgte ihm nicht, er verneigte sich nur.

Der Beamte, der ihm dann mit einem kahlen, glänzenden Schädel gegenübersaß, ein Chefinspektor, sprach ein verhältnismäßig gutes Englisch, das nur etwas hart und fauchend klang. Seine Verbeugung war mit einem flüchtigen Lächeln verbunden gewesen, das nun wieder aus dem ernsten Beamtengesicht gewichen war.

Der Chefinspektor trug eine randlose Brille und einen dunklen Anzug, unter dem ein blütenweißes Hemd hervorschaute, und eine dunkle Krawatte. Er wirkte vom Kopf bis zu den Sohlen korrekt, so wie er gewiss auch seinen Dienst versah.

Auf der Glasplatte seines Schreibtisches, genau in der Mitte, lag als Computerausdruck ein einzelnes Blatt. *Das also ist geblieben von meiner Tochter,* dachte Pechstein, *eine kurze, zusammengefasste Analyse für diesen Mann, nicht mehr.*

Der Chefinspektor zupfte nervös an seiner Krawatte.

»Gestatten Sie mir ein paar Worte zur Einführung, ehe wir zum eigentlichen Problem kommen. Tokyo gilt als die sicherste Metropole der Welt. Touristen werden sehr selten Opfer von Verbrechen. Jede Frau, ob Japanerin oder Ausländerin, kann auch nachts durch eine dunkle Gasse gehen, ohne belästigt zu werden.«

Der Polizist blickte auf seine Hände, die er auf die Platte seines Schreibtisches gelegt hatte, ehe er die Augen wieder hob.

»Es gibt viele Gründe für das Verschwinden einer jungen Frau. Der einfachste Grund wäre, sie will in Tokyo bleiben und ist einfach untergetaucht. Der Großraum Tokyo beherbergt in einem Umkreis von fünfzig Kilometern dreißig Millionen Menschen, da verschwindet ein Mensch einfach, wenn er nicht mehr gefunden werden will, um unseren eifrigen Behörden zu entgehen. Als Ihre Botschaft, die ich sehr schätze, Ihre Tochter als vermisst meldete, sind wir der Sache nachgegangen, aber erfolglos. Ihre Tochter hat nur kurz in einer Jugendherberge gewohnt, dann verlor sich ihre Spur. Geld muss sie wohl gehabt haben. Bei uns ist Bargeld das übliche Zahlungsmittel. Sie können ohne Furcht bündelweise Zehntausend-Yen-Noten mit sich herumtragen oder zu Hause deponieren, denn unsere Verbrechensrate ist gering. Wie aber hat sie das Geld verdient, das sie benötigte, um in Tokyo länger zu leben? Wir sind dieser Spur gefolgt, selbst hinein in die Vergnügungsviertel. Aber die Spur blieb kalt. Sie könnte natürlich auch mit einem Japaner leben, der sie ernährt. In so einer Stadt wie der unseren gehen immer Menschen verloren, ohne dass der Grund ihres Verschwindens ein Verbrechen ist. Sie könnte sich bei jungen Menschen aufhalten, die man Otakus nennt und die sich unserer

Gesellschaft und ihrer Ordnung nicht anpassen und nie erwachsen werden wollen, um nur in ihrer Fantasiewelt zu leben. Es ist eine kranke Jugend, die ich nicht mag. Wir haben sie auch bei ihnen nicht aufgespürt, obwohl wir unsere Informanten überall haben. Aber auch einen Selbstmord sollte man im Auge behalten.«

»In ihrem Alter?«, brauste Pechstein auf.

»Sie könnte depressiv geworden sein«, sagte der Chefinspektor beschwichtigend, »Wenn ihr das Geld ausgegangen ist und sie keinen Ausweg sah. Sie könnte sich irgendwo außerhalb der Stadt verborgen haben, um Gift oder Tabletten zu nehmen, da könnten wir sie kaum finden. Siebenundsechzig Prozent der Gesamtfläche Japans ist bewaldet. Sie können sehr rasch ins Grüne gelangen. Das Gebiet um Takao-san mit vielen Wäldern zum Beispiel erreichen Sie vom Hauptbahnhof mit der Chuo-Linie in einer knappen Stunde. Sie waren, wie ich erfuhr, selbst Polizist, deshalb schätze ich Sie sehr. Auch in Deutschland werden fünftausend Kinder und Jugendliche im Jahr vermisst. Sie wissen das. Nicht alle kommen wieder.«

Pechstein schwieg und mit schmal gewordenen Lippen saß er dem Chefinspektor gegenüber. *Er denkt über einen Teil der Jugend so, wie ich es selbst einmal tat,* dachte er bitter, *und ich sehe ihn nun mit den Augen meiner Tochter. Toleranz ist ihm fremd, er hält sich allein und die Ordnung, die er vertritt, für das Maß aller Dinge. So hat mich meine Tochter gesehen. Die Otakus sind nur Ratten für diesen Mann.*

Der Japaner musterte ihn schweigend.

»Sie wollen sie nicht etwa selbst suchen?«, hörte er den Japaner fragen. Sie schwiegen minutenlang. »Doch. Es ist wohl die einzige Möglichkeit, die mir noch bleibt, denke ich«, ließ er seinem Nicken beinahe trotzig folgen.

Die Miene des Japaners veränderte sich nicht. »Ich werde Sie ja wohl von Ihrem Vorhaben nicht abbringen können.

Gut, dann gebe ich Ihnen eine Handynummer. Sie gehört dem wohl besten Privatdetektiv, den Sie in Tokyo bekommen können. Ich werde mit ihm reden.«

Hat er selbst kein gutes Gefühl dabei, dass sie die Suche eingestellt haben, fragte sich Pechstein, *will er mir deshalb helfen?*

Der Chefinspektor schrieb rasch Zahlen auf einen Notizzettel, den er Pechstein mit einer Verneigung überreichte.

»Danke«, sagte dieser, faltete den Zettel zusammen und schob ihn in sein Portemonnaie.

Dann erhob er sich und seine Verbeugung wurde – und sogar etwas tiefer – vom hochschnellenden Chefinspektor erwidert, ein Lächeln aber wollte ihm nicht gelingen, da er in diesem Augenblick offenbar von einem Gedanken gefangen zu sein schien.

Als Pechstein den Raum verlassen hatte, griff die Hand des Chefinspektors langsam zum Telefon. *Dieser Deutsche,* dachte er, *besitzt so seltsame Augen, deren Farbe an eine sehr ausgeblichene hellblaue Jeans erinnert, Augen, die sich wohl jedem Japaner einprägen werden, der sie einmal gesehen hat. Sie werden ihn verraten, wo immer er auch sein wird.*

5.

Nun, da Pechstein die Handynummer besaß, war er sich nicht sicher, ob er sie nutzen oder sich nicht lieber einer anderen Detektei zuwenden sollte, um so der Beobachtung durch die Polizei zu entgehen. Obwohl er die vielen Münzapparate überall entdeckt hatte, die knallroten, die gelben, die grünen und grauen, selbst in Supermärkten und beim Tabakhändler, würde er doch ein Handy benötigen, um unabhängig von ihnen zu sein, wenn er sich einmal völlig verirrt haben sollte in diesem gewaltigen Labyrinth, das Tokyo hieß und in dem die öffentlichen Verkehrsmittel schon kurz nach Mitternacht ihren Betrieb einstellten, die Taxen aber dann sehr schwer zu bekommen waren und nur mit einem hohen Aufschlag.

Im Hauptpostamt am Tokyoter Bahnhof gab es englischsprachiges Personal, und so verhalf ihm eine sehr freundliche Japanerin zur Adresse einer Detektei im Stadtbezirk Setagayo-ku, von der er hoffte, dass sie vielleicht seinen Vorstellungen entsprechen würde, und so beschloss er, sie, ohne sich anzumelden, überraschend zu besuchen, noch ehe er die Handynummer nutzte.

Alle Adressen aber, und auch die dieser Detektei, lagen in einem Niemandsland, in dem es keine Namen gab für Straßen und Gassen, nur vielleicht drei Dutzend für die größten Avenuen. Keiner konnte wohl Tokyo genau kennen, nicht einmal die Taxifahrer mit ihren weißen Handschuhen, denn selbst sie mussten oft genug bei den Beamten der kleinen Polizeihäuschen die Gegend erfragen, während die Uhr ihres Taxis weiterlief. Nur an den großen Ringstraßen konnte man sich orientieren oder den Bahnhöfen; besaß man keine Skizze oder eine Fußgängernavigation im Handy, war man verloren, fand die gesuchte Adresse nicht, sie wurde zu einem Schatz, den man heben musste, oder man irrte herum im Dschungel der sich kreuzenden kleinen Gassen. Die Anschriften lasen sich wie ein Geheimcode, auch die der Detektei, die er mit der U-Bahn erreichen wollte: 2-23-8 Okamoto, Setagaya-ku. Doch diesen Code konnte er, dank seiner Vorbereitung in Deutschland, rasch entschlüsseln. Er musste in den Stadtbezirk Setagaya-ku, in das Viertel Okamoto, in den zweiten Unterbezirk, auch Chome genannt, zum 23. Häuserblock und dann zur Hausnummer 8. Aber er musste bedenken, dass die Hausnummern nicht in fortlaufender

Reihenfolge angebracht waren und es durchaus geschehen konnte, dass das Haus Nr. 8 neben dem Haus Nr. 102 stand. Nun aber hatte er übersehen, dass die Rushhour begann und er in den Strom der Pendler geraten würde, die vom Zentrum zurückfuhren zu ihren Bezirken, eine Zeit, da man die Benutzung der Bahnen meiden sollte, besonders als Tourist. Pro Gleis lief alle neunzig Sekunden ein Zug ein. Pechstein schob sich hustend im wirbelnden Strom der Menschen die Treppe zur U-Bahn hinab, die so gefüllt war, dass man hätte auf den Köpfen laufen können. Er tauchte ein in ein U-Bahn-System, von dem er nur wusste, dass es für den Fremden ein endloser Irrgarten aus Beton und Stahl war, nahezu vierhundert Meilen verzweigt unter dem brodelnden Moloch Tokyo. Wie ein Sog zerrte ihn der Strom der Menschen mit. Korrekt schienen sie alle bekleidet zu sein, diese Japaner, er sah keinen Gammellook, nirgendwo. Lange Schlangen von Menschen nahm er auf dem Bahnsteig wahr, ordentlich aufgereiht und geduldig vor einer gelben Linie wartend, ehe er ein scharfes Klingeln vernahm, das die Ankunft des Zuges ankündigte. Im wilden Drängen der Menschen schob er sich weiter vor, kam mit jedem Zug, der einfuhr, voran, bis er endlich im Bereich der Schiebetür eines Waggons stand, und er die Hände eines Bahnangestellten in weißen Handschuhen in seinem Rücken spürte, die ihn kräftig nach drinnen drückten, in dieses Gefängnis aus Enge und Schweiß. Er stieß einen leisen Fluch aus.

Dann vernahm er die Warnung einer Lautsprecherstimme, auf die die Menschen jedoch nicht zu achten schienen, mehr und mehr drängten hinein, so dass sie schließlich so dicht standen, dass er die Hand zum Haltegriff nicht ausstrecken musste und es ihm erschien, als befände er sich in einer Sardinenbüchse. Aus den so freundlichen Japanern brach beim Hineindrängen wohl die Urgewalt der Samurai aus. Es war unfassbar, und einen Augenblick lang erfüllte ihn Panik, die jedoch wieder wich, als sich die Waggontüren zischend schlossen und der Zug mit einem Ruck anfuhr. Er war ein Fremder unter ihnen, der nicht einer ihrer Gruppen angehörte, und doch rüttelte ihn der überfüllte Zug zu einem Teil von ihnen, ob sie es wollten oder nicht. Aber beim Aussteigen würde er wieder zu einem Fremdling werden, das war ihm bewusst. Mit reglosem Gesicht standen die Menschen um ihn herum, jeder zog sich zurück in die eigene Haut, der Schlaf war eine Schutzmaske. Neben ihm stand ein Japaner und las konzentriert, sein kleines Buch nicht mehr als zehn Zentimeter von seinen Augen entfernt haltend, eingekeilt zwischen all den Leibern.

Mit einem leisen Zischen öffneten sich die Türen bei jeder Station. Endlich hatte er sein Ziel erreicht. Wie Tausendfüßler schoben sich die Menschen aus dem Waggon und Pechstein wurde mitgezogen, der nächstgelegenen Rolltreppe entgegen, auf der die Menschen dann wieder standen, Körper an Körper. Froh war er, dem Folterwaggon entronnen zu sein, um endlich vor dem Bahnhof zu stehen, wo ihm die Fahnen der Abgase entgegenwehten. Was für eine irre Welt lag hinter ihm, gespenstisch sauber, in deren Gängen kein Fetzen Papier lag, keine Zigarettenkippe, so jedenfalls glaubte er, sie wahrgenommen zu haben.

Dann aber begann seine Suche, die ihn zunehmend in eine ihm fremde Irre führte, hinein in schmale Gassen, über denen Bündel aus Strom- und Telefonkabeln hingen, die glänzten wie Lakritze, vorbei an bunten Blumentopfarrangements vor den Häusern, von denen keines dem anderen glich, vorbei an lüftenden Futons, die von den Balkonen hingen, an kreischend und wild tobenden Kindern, die keiner bändigen wollte, an jungen Müttern mit ihren Säuglingen auf den Rücken, die nie zu schreien schienen, da sie immer die körperliche Nähe der Mütter spürten. Vorbei lief er an schwatzenden Frauen in Kittelschürzen, von Haus zu Haus, von Balkon zu Balkon, vorbei an Bonsai-Bars mit drei Barhockern und zwei Stehtischen, die doch Platz boten für fünfzehn Besucher. Es war eine Idylle, die er nicht erwartet hatte in dieser gewaltigen Metropole aus Hochhäusern und Kaufhausdomen. Doch wusste er nun nicht mehr, wo er war, und es würde ihm wohl kaum gelingen, den Sitz der Detektei zu finden, denn er traf auf keinen Japaner, der Englisch sprach. Und er spürte die Schwäche wieder. Für die Ärzte war es ein Wunder, dass er überhaupt noch so aktiv sein konnte. Er war wohl ein Ausnahmefall für sie. Aber er setzte der Schwäche seinen Willen entgegen, seinen eisernen Willen. Doch wie lange würde er ihr noch widerstehen können, da sie stetig stärker zu werden schien?

Er gab die Suche endlich auf und fuhr zurück in das Zentrum Tokyos, schlenderte im Lärm der vielen Fußgängerbrücken weiter und weiter, um sich dann, ziellos und unschlüssig, auf der Harumi-dori im Strom der Menschen treiben zu lassen, als wäre der ein Schutzwall gegen die Schwäche und die Einsamkeit, die ihn erfüllten. All die Stimmen, die er hörte, vernahm er seltsam gedämpft, es waren nicht die lärmenden deutschen Stimmen, die er hasste. In einem Tabakladen kaufte er zwei Telefonkarten und verstaute sie in seinem Portemonnaie, damit er nicht auf all die Vielzahl der japanischen Münzen angewiesen war, diesen Münzen aus Aluminium, Messing, Kupfer und Silber, mal mit und mal ohne Loch.

Er musste nun doch diesen Detektiv anrufen, den ihm der Chefinspektor genannt hatte, ihm blieb keine andere Wahl. Und er musste es rasch tun! Die Zeit lief gegen ihn. Denn der Tod konnte schnell kommen, und er wollte nicht sterben ohne die Vergebung seiner Tochter.

6.

Er sah ein grünes Telefon in einem Supermarkt, von dem er wusste, dass es auch Karten akzeptierte, und zog den Zettel des Chefinspektors aus dem Portemonnaie und eine der Telefonkarten. Dann wählte er die Handynummer, die nun doch der Schlüssel sein konnte für seine eigenen Nachforschungen.

Ein Mann meldete sich auf Japanisch, aber er sprach ihn auf Englisch an, und der Japaner antwortete ihm sofort. »Sprechen Sie ruhig englisch.«

Pechstein atmete befreit auf, ehe er zu reden begann.

»Ich habe Ihre Nummer im Polizeipräsidium erhalten. Sie würden mir als Privatdetektiv helfen können.«

»Ich wurde schon informiert«, hörte Pechstein. »Es geht um Ihre Tochter. Ich soll sie für Sie suchen?«

»Ja.«

»Wo sind Sie gerade?«

»Auf der Harumi-dori.«

»Sie sind auf der richtigen Straße. Was für ein Zufall! Ich schlage Ihnen folgenden Treffpunkt vor, schauen Sie bitte in den Stadtplan. Dort, am U-Bahnhof Higashi-Ginza, wo die Showa-dori quert, steht linker Hand das Kabuki-za. Es ist das berühmteste Kabuki-Theater Japans. Sie können es nicht verfehlen, es springt Ihnen förmlich in die Augen. Dort erwarte ich Sie in einer Stunde. Vor dem Eingang. Ich trage einen grauen Anzug und eine dunkelblaue Krawatte.«

»Ich werde da sein«, erwiderte Pechstein, und der Husten verwischte seine Worte.

Er fieberte dem Treffen entgegen, und endlich, eine Stunde später, sah er das Theater, ein seltsames Gebäude, farbenprächtig, üppig, überbordend, als Produkt des japanischen Barock, ein Gebäude, das er in dieser Form auf einer so modernen Straße nicht erwartet hätte, wenn er nur an diesen zwölfstöckigen Glaszylinder oder an das Sony Building mit seinen spiralförmig ansteigenden acht Stockwerken und einer Glasfront aus Bildschirmen dachte. Zwei schmale und sehr lange Fahnen, rot und mit weißen und schwarzen Schriftzeichen versehen, hingen vom Dach des Theaters herab. Und er erblickte den Detektiv, der, gekleidet wie viele Angestellte, an einer weißen Säule lehnte und die Menschen aufmerksam musterte, die an ihm vorbeiliefen.

Pechstein ging auf ihn zu, und der Detektiv löste sich blitzartig von der Säule, so, als hätte ihn eine bis dahin gespannte Feder vorwärts geschleudert.

Sie verbeugten sich beide, und das Gesicht des Detektivs, dessen Haut stumpf und gelblich war, blieb dabei unbewegt.

Dann liefen sie nebeneinander her, in dem spärlicher werdenden Strom der Menschen einer Seitenstraße, bis der Japaner von einem Café sprach, in dem sie ungestört würden reden können und in dem es einen guten Eiskaffee gäbe.

Das Café befand sich im Untergeschoss eines Gebäudes, es war nur ein lang gezogener Schlauch und leer. Sie setzten sich dennoch, auf Wunsch des Detektivs, an den hintersten Tisch.

Der Detektiv trug sein volles schwarzes Haar nach hinten gekämmt, in seinem Gesicht zeigte sich keine Regung, es wirkte nahezu völlig ausdruckslos. *Dieser Mann lächelt wohl nie,* dachte Pechstein, und die schmalen Augen des Japaners, kalt wie geschliffenes Glas, musterten ihn forschend, als wollten sie bis auf den Grund seiner Seele schauen, als würde ihnen nichts entgehen, kein Geheimnis, das er zu verbergen versuchte. Pechstein erfüllte die Ahnung, dass er einem ehemaligen Polizisten gegenübersaß, der, aus welchen Gründen auch immer, seinen Dienst hatte quittieren müssen.

»Ich suche meine Tochter«, begann Pechstein und reichte dem Detektiv ein Foto, »die vor zwei Jahren nach Tokyo kam. Ich erhielt eine Postkarte und dann nie wieder ein Lebenszeichen, obwohl sie mit der nächsten Nachricht wohl hätte um Geld bitten müssen, denn sonst wäre ihre erste nicht gekommen. Da kenne ich sie zu gut.«

Er nannte das Datum der Ankunft seiner Tochter in Tokyo. Die unbewegte Miene des Detektivs veränderte sich nicht.

»Wie alt war Ihre Tochter damals?«, fragte der Japaner.

»Siebzehn.«

»Was hat sie für einen Beruf?«

»Keinen. Sie brach die Schule ab, zwei Lehren, sie war Punkerin, sie riss aus und lebte auf der Straße. Zu ihrer Mutter und mir brach sie jeden Kontakt ab. Ich weiß nicht, wieso sie ausgerechnet hierher wollte, ausgerechnet nach Tokyo. Von Japan kannte sie nur eine Punk-Rock-Band, für die sie schwärmt und zwei Bilder eines japanischen Malers, die in meiner Wohnung hängen.«

»Haben Sie noch weitere Fotos von Ihrer Tochter?«

Pechstein griff in die Brusttasche seiner Jacke, um ihr eine Reihe von Fotos zu entnehmen.

Der Detektiv betrachtete die Fotos eingehend. »Sie hat Ihre Augen. Es sind sehr auffällige Augen. Und im Hintergrund sehe ich eines dieser Bilder, von denen Sie sprachen. Ein weißes Pferd steht in einem blauen Wald. Ich liebe das Bild auch.«

Pechstein blickte überrascht.

»Es kann dauern«, sagte der Detektiv dann. »Wie lange wollen Sie in Tokyo bleiben? Sie wissen, dass Ihre Zeit begrenzt ist. Dann müssen Sie zum Immigrationsoffice.«

»Bis ich sie gefunden habe«, erwiderte Pechstein.

Der Detektiv überlegte, kein Muskel in seinem Gesicht regte sich dabei, keine Wimper, kein Gefühl verriet dieses Gesicht, keinen Gedanken, keine Absicht.

»Haben Sie ein Handy?«

Pechstein schüttelte den Kopf.

Der Detektiv griff in seine Brusttasche, entnahm ihr ein Handy und überreichte es ihm.

»Sie können es behalten.«

»Danke«, sagte Pechstein. »Wollen Sie einen Vertrag?«

Der Japaner schüttelte den Kopf.

»Eine mündliche Vereinbarung genügt mir. Wir Japaner sagen: Am Fuße des Leuchtturms ist es immer am finstersten. Aber diesen Fuß werden wir rasch verlassen.«

»Bitte arbeiten Sie schnell«, bat Pechstein.

Der Detektiv erhob sich. Sein Gesicht zeigte auch jetzt nicht das geringste Mienenspiel. Doch dann nickte er.

Das also ist das Ende des Gespräches, dachte Pechstein.

Sie verbeugten sich beide.

Wenn es einen Mann gibt, der Ronja aufspüren kann, dachte Pechstein, *so ist es dieser Mann, einen besseren hätte ich nicht finden können.*

7.

Nun, da er zu diesem so quälenden Warten verdammt worden war, wollte er nicht untätig bleiben, ja sogar nach jedem Strohhalm greifen, der sich ihm anbot, denn war nicht der Zufall oft ein seltsamer Helfer? Könnte er ihr Gesicht nicht plötzlich in der Menge sehen? Und so lief er, aufmerksam in die Gesichter der Menschen blickend, am Tag, aber auch nachts, hinein in diese für ihn so seltsame, fremde Welt, vorbei an riesigen Digitalbildschirmen an den Fassaden der Häuser, an gigantischen Reklamewänden aus Schriftzeichen über Schriftzeichen auf meterhohen Leuchttafeln, flammend und grell, die wie ein Feuerwerk aus Neon wirkten in der Nacht. Die Häuser rasten dann im Licht, und es war ihm, als befände er sich in einem irren Drogentraum, der nicht enden wollte. Es ist eine Welt, dachte er, wie auf einem fremden Stern. Durch ein riesiges Glashaus führte eine Autobahn, zwei Stockwerke darüber fuhr ein Zug. Es war unfassbar. Auf den Fußgängerbrücken schaute er in ernste und starre Gesichter, die nicht hineinpassen wollten in dieses Bild vom Land des ewigen Lächelns, das in seiner Fantasie entstanden war, auf dessen so dicht belebten Straßen, und das überraschte ihn immer aufs Neue, niemand rempelte, niemand drängelte.

Kam die Schwäche wieder, so setzte er sich auf eine Bank.

An altehrwürdigen Schreinen des Shintoismus schlenderte er vorbei und an buddhistischen Tempeln, die manchmal nahe beieinanderstanden, so nahe, wie die beiden Religionen den Japanern waren, die sich in ihren Köpfen vermischten, da der Glaube kein Dogma war in diesem Land.

Sah er Jugendliche im Punk-Outfit, so zeigte er ihnen Ronjas Bild. Doch erntete er nur Verbeugungen, ein bedauerndes Lächeln, nicht mehr.

Es folgten schlichte Holzhäuser mit liebevoll gepflegtem Bonsai, ehe er wieder unter einer Schnellstraße weiterlief, die dreigeschossig war und von der unablässig ein gewaltiges Dröhnen herabklang. Manchmal war es ihm, als ob der Tokyoter Smog seine kranken Lungen mit einer Masse füllte, dann aber wich dieses Gefühl wieder. All die Schwarzhaarigen, die ihn umgaben, schienen das gedrängte Zusammenleben erlernt zu haben, im Gewimmel eines Ameisenhaufens, des wohl größten der Welt. Und sie kamen, diese Anfälle, die ihm die Luft nahmen, so dass er glaubte, er müsse ersticken. Er hasste diese Zustände, so wie er diesen endlosen Husten hasste und die Schwäche. Doch er konnte sie nicht bekämpfen, er war ihnen ausgeliefert. Nur wenn die Schwäche zu stark wurde, ruhte er sich aus auf einer Bank.

Er trieb wie ein Balken im Strom, ohne Halt, und die verschollene Tochter war die letzte innere Zuflucht, die ihm verblieb. Ronja! Eine gewaltige Sehnsucht erfüllte ihn plötzlich. Nach seinem Kind, das vor ihm geflohen war! Sein Herz klopfte heftig. Er könnte sich selbst verfluchen. Aber ein Fluch half ihm nun auch nicht.

Die Stadt nahm er nur aus den Augenwinkeln wahr, seine Aufmerksamkeit galt den Gesichtern junger Menschen. Einmal beobachtete er einen Japaner in einer Telefonzelle, der sich während des Sprechens verbeugte und es auch dann noch tat, als er den Hörer längst aufgelegt hatte.

Es trieb ihn weiter, vorbei an gläsernen Wolkenkratzern und Vorgärten mit wenigen Quadratfuß Fläche, die nur Platz boten für eine Laterne aus Stein, ein hoch aufragendes Bambusgebüsch und im weißen, geharkten Kies einen Gesteinsblock.

Und die Unruhe verließ ihn nicht und eine düstere Ahnung, die er verdrängen wollte, die sich aber nicht verdrängen ließ, sie schwebte über allem, was er sah …

8.

Nun, da er sich einrichten musste in dieser Stadt, wünschte er, ein kleines und möglichst preiswertes Hotel im traditionellen Stil dieses Landes aufzuspüren, ein Ryokan, wobei er sich auf die Ratschläge eines mit der englischen Sprache vertrauten Taxifahrers verlassen wollte, der vor dem Besuch durch einen Anruf den Preis erfragen sollte.

Beim dritten Anruf wurde der Fahrer fündig.

»Preiswert«, sagte er. »Aber auch gut. Doch japanischer Standard.«

Bei seinen Worten lächelt er so seltsam, dachte Pechstein, *er nimmt wohl nicht an, dass dieser ›japanische Standard‹ mir bekannt ist und ich sehr wohl weiß, was mich erwarten wird.*

Im Eingangsbereich des in einer kleinen Seitenstraße gelegenen Ryokans erblickte Pechstein eine Reihe von Straßenschuhen und Hauspantoffeln, die ihn unverzüglich daran erinnerten, dass man sich in dem kleinen Hotel nur ohne Straßenschuhe bewegen durfte, und so schlüpfte er in Pantoffeln. Mit der Empfangsdame im Kimono an der kleinen Rezeption wurde er sich schnell einig, dann trippelte sie graziös auf den Holzdielen vor ihm her zu einem Zimmer, das nun seine kleine japanische Heimat werden sollte. Als er die grüngelben und sorgsam miteinander vernähten Strohmatten sah, die man Tatami nannte, ging er auf Strümpfen in das Zimmer, so wie es üblich war in diesem Land, lief wie auf einem moosigen Waldboden.

Das Zimmer war sparsam eingerichtet, in diesem Stil der japanischen Wohnkultur, bestimmt von der Schlichtheit, der Leere, der kargen Eleganz. Die Mitte des in einem nussbraunen Ton gehaltenen Raumes bildete ein dunkler und sehr niedriger viereckiger Tisch, auf dessen massiver Platte aus Edelholz ein Teeservice auf einem Lacktablett stand, und er sah ein Kissen mit Rückenlehne, das ihm wohl beim Sitzen mit untergeschlagenen Beinen oder beim Schneidersitz dienen würde. Beide Sitzarten waren äußerst unbequem, er wusste es, da er sie noch in Deutschland ausprobiert hatte.

In einer Ziernische entdeckte er ein Blumenarrangement und ein Rollbild mit großen schwarzen Schriftzeichen, und er sah einen Wandschrank mit Schiebetüren, in dem er die Futon-Matte für die Nacht finden konnte, die über den Tatami als Bett ausgebreitet würde von der Japanerin, die ihm nun einen dunkelblauen Baumwollkimono brachte und ihm beim Binden des Gürtels half, wobei sie verstohlen seine Augen musterte, die offenbar ihr Interesse erregten.

Die größte Überraschung aber erwartete ihn, als er die breiten, sorgsam mit undurchsichtigem Reispapier bespannten Schiebewände öffnete, denn vor ihm lag ein kleiner japanischer Garten mit vielen Blumen, einem winzigen Brunnen und einer bemoosten steinernen Laterne.

Die Japanerin zeigte ihm dann, fröhlich zwitschernd, die Toilette, und er bemerkte sofort, dass er sie stehend benutzen und vor dem Betreten des Raumes gesonderte Schuhe anziehen musste. An diesen Stand der Dinge würde er sich erst gewöhnen müssen.

Er folgte der Japanerin zum Gemeinschaftsbad, um einen Blick hineinzuwerfen, bemerkte im kleinen Vorraum die Körbe, in die man die Kleidung ablegen musste, ehe man, nach dem intensiven Waschen, in das tief liegende Gemeinschaftsbecken steigen durfte und dessen Wasser heiß sein würde, viel zu heiß für einen Mann, der kein Japaner war, vierzig Grad und mehr.

Unvermittelt dachte er wieder an Ronja, und immer dann überfiel ihn diese Beklemmung, die seine Stimmung veränderte, von einem Augenblick zum anderen, und eine seltsame Ahnung einer noch vor ihm liegenden und unerklärlichen Gefahr erfüllte ihn – es war eine Ahnung, in der auch der Tod eine Rolle spielte, nur offenbarte er sich noch nicht.

Froh war er, als ihn die kleine Japanerin mit einer tiefen Verbeugung wieder verließ, denn er wollte allein sein, mit sich und den Gedanken an Ronja. Und die Schwäche zwang ihn, sich wieder auszuruhen, um neue Kraft zu schöpfen. Er durfte sich ihr nicht unterwerfen, denn dann würde er aufgeben und Ronja vor seinem Tode nicht mehr sehen.

9.

Wo aber konnte er ein Mädchen wie Ronja noch gezielter suchen, wenn er nicht auf die Ermittlungen des Privatdetektivs warten wollte? Vielleicht im Stadtteil Harajuku, der als das Paradies der Teenager galt? Vielleicht in dieser Gasse Takeshita-dori, in der die Jugend ihre Kleidung kaufte?

Und so begann er die Suche auf der von Aoyama nach Harajuku führenden Omotesando, einer Straße mit zwei Reihen Janpanischer Zelkoven und mit unendlich vielen Boutiquen, Cafés und meterhohen Leuchtreklamen, die man, wenn auch mit Einschränkungen, durchaus die Champs-Élysées von Tokyo nennen konnte.

Und dann entdeckte er sie, die Gasse Takeshita-dori, eng und vielleicht vierhundert Meter lang, gefüllt mit Modegeschäften für junge Leute und Secondhand-Läden. Alt kam er sich vor unter all den jungen Menschen, uralt und fremd.

Er betrat die Läden, um das Bild seiner Tochter zu zeigen, doch erntete er nur Verbeugungen und ein höfliches Lächeln. Wer sollte sich auch in diesem Gewimmel kauflustiger und seltsam herausgeputzter Teenager ein einzelnes Gesicht merken, selbst wenn es kein japanisches war? Aber mit Sicherheit war Ronja nicht nur einmal in dieser Gasse gewesen, vielleicht kam sie noch immer einmal in der Woche hierher? Doch alle Fragen ergaben keine Auskunft, und so stand er endlich ein wenig ratlos an der Ecke Meigi-dori/Takeshita-dori vor dem Togo-Schrein, fühlte sich hilflos und verloren, und er begriff, dass er auf die Ermittlungen des Detektivs würde warten müssen, ob er es wollte oder nicht. Und doch musste er auch selbst dem Zufall eine Chance geben …

Bizarr kostümierte Jugendliche mit oftmals gewagten Haarfarben, mal grün, mal lila, mal giftig rot, deren Ersatzreligion, man sah es ihnen an, das Shoppen war, erlebte er auch beim Betreten der Mega-Boutique ›Tokyo Hipster Club‹, einem Teenie-Einkaufsparadies, das jedoch nichts anderes war als ein höhlenmäßiger Betonbunker, den er abstoßend fand, aber an dessen Eingang ihn das Foto eines bärtigen Che Guevara begrüßte, dessen Gesicht einmal die Poster und T-Shirts seiner Tochter geziert hatte. Allein wegen dieses Fotos war sie gewiss auch in diese Boutique gekommen. Doch von den Verkäuferinnen kannte keine Ronjas Gesicht, als er ihnen ihr Foto zeigte. Lächelnd verbeugten sie sich, und er dachte unvermittelt an ein Foto in der englischsprachigen ›Japan Times‹, das Stewardessen von ›Nippon Airways‹ beim Lächeltraining zeigte, die dabei Wegwerfstäbchen zwischen den Zähnen hielten. Er selbst konnte nicht mehr lächeln, sein Gesicht war zu einer Maske erstarrt.

Und dann doch, ganz überraschend, blickte eine kleine japanische Verkäuferin, die grüne Haare trug und englisch sprach, auf das Foto.

»Hai«, nickte die junge Frau, »Aber ich habe sie schon eine Ewigkeit nicht mehr gesehen.«

»Habt ihr miteinander geredet?«, fragte Pechstein.

»Sind Sie ihr Vater?«, wollte die Japanerin wissen.

»Ja!«

»Sie ist ausgerissen!«, stellte die Japanerin fest. Pechstein sah sich neugierig gemustert.

»Sie wollte wieder zurück. Es war wohl das Heimweh. Aber sie hatte das Geld nicht. Und sie hatte wohl auch Angst vor Ihnen. Große Angst.«

»Oh Gott!«, stöhnte Pechstein auf. Die Worte der jungen Frau fuhren ihm wie ein Messer in sein Herz.

»Wo ist sie jetzt?«, wollte er hastig wissen.

Die Verkäuferin zuckte bedauernd mit den Schultern. Dann sprach sie von einer Band, die Ronja geliebt hätte, sehr geliebt. Am Haus gegenüber würden Plakate hängen. Vielleicht ginge sie zum Konzert.

Pechstein begriff, dass er alles dafür tun würde, um Ronja wiederzufinden. Und dann würde er neu beginnen – ohne Vorwürfe. Er war zu allem bereit. Er würde ihr die Angst nehmen, vom ersten Wiedersehen an!

Da zog die Verkäuferin unvermittelt und heftig an seinem Arm. »Sie hat eine Freundin gehabt! Jetzt fällt es mir ein. Eine Punkerin wie sie selbst. Bei ihr und deren Oma muss sie gelebt haben. Bei den Obdachlosen im Yoyogi-Park, in einer Siedlung aus blauen Plastikplanen.«

»Bei den Obdachlosen?« entfuhr es Pechstein entsetzt. Seine Tochter hatte bei Obdachlosen gewohnt? Doch nun hatte er eine Spur! Sollte er sie gefunden haben, noch ehe es dem Detektiv gelang?

Er zog Geldscheine aus seinem Portemonnaie, doch die Verkäuferin wehrte sein Angebot erschrocken ab. Sie verbeugte sich nur. Und er tat es auch.

»Wie hieß dieses Mädchen?«, wollte er noch wissen.

Ich glaube Mina«, vernahm er, und eine gewaltige Freude erfüllte ihn, wenn auch nur für einen kurzen Augenblick.

10.

Und dann sah er sie, die Plakate mit dem Foto der Band, bestehend aus fünf jungen Frauen, schrill und aufwendig gestylte Paradiesvögel, die, da war er sich völlig sicher, wohl auch zu den Idolen seiner Tochter gehören konnten.

Ein sehr junger Japaner, den er auf Englisch fragte, übersetzte ihm, freundlich lächelnd, den Text auf dem Plakat ins Englische und nannte ihm auch den Ort, wo das Konzert der jungen Band heute stattfinden sollte, dem ›Kouseinenkin Kaikan‹ in Shinjuku. Pechstein bedankte sich mit einer Verbeugung, die der Japaner sofort lächelnd erwiderte. Nun wollte er eine Karte für das Konzert kaufen. Vielleicht würde er in dieser Halle Ronja entdecken? Wer konnte das wissen?

Vor dem Gebäude gelang es ihm, eine Karte zu erstehen, zu einem Fantasiepreis, den er nicht angemessen fand und ihn zahlte, da ihm keine Wahl blieb.

Seitlich des Eingangs stehend, schon lange, ehe das Konzert begann, die Lippen fest aufeinander gepresst, blickte er in die Gesichter all der jungen erwartungsvollen Japanerinnen und Japaner, ohne eine Ausländerin, ohne Ronja entdecken zu können.

Später, im Saal, mitten zwischen all den aufgeregten Fans, ließ er weiter seine Blicke schweifen, überallhin, von Reihe zu Reihe wandernd.

Im bläulichen Licht sah er dann auf der Bühne die Band,

und er hörte die so dunkle Stimme der Sängerin und ihre Befehle, die er nicht verstand, aber ihren Sinn dennoch begriff, weil sie sofort befolgt wurden:

»Zeigt uns eure Fäuste!«
»Springt!«
»Schüttelt eure Köpfe!«
»Zeigt uns eure Hände!«

Und all die Fans im Saal machten die gleichen Bewegungen, ohne Ausnahme. Starr nur saß er selbst und reglos zwischen all diesen lebenden Marionetten, in dieser für ihn fremden Welt, die aber die Welt seiner Tochter war und so schwer zu verstehen.

In dichten, blauen Strahlen gebündelt fiel das Licht auf die Bühne, als wäre sie der geheimnisvolle blaue Wald des japanischen Malers, dessen Bild in seiner Wohnung hing. Künstlicher Schnee rieselte herab, dem die Sängerin ihre Hände entgegenreckte, ohne ihren Gesang zu unterbrechen. Weiße Fontänen aus Rauch stiegen auf, um im Dunkel wieder zu verlöschen.

Er saß, in all dem wilden Kreischen, das seine Ohren als Schmerz erfüllte, wie ein Ausgestoßener, bis er sich endlich abrupt erhob, um den Saal zu verlassen, mit versteinertem Gesicht. Die Schwäche war wieder da, diese elende Schwäche, die ihn auf den Futon in seinem Zimmer zwang, unerbittlich.

Später studierte er die Speiseattrappen der Gaststätten, diese Kunststoff-Mahlzeiten, die von den echten nicht zu unterscheiden waren und ihm die Auswahl erleichterten. Er entschied sich für Krabben mit einer dicken Soße aus rotem Paprika, Ingwer, Zwiebeln und Knoblauch. Doch aß er ohne Appetit, weil ihn der Husten wieder zu quälen begann und ihn zwang, die Stäbchen aus der Hand zu legen. Wie viel Zeit blieb ihm noch?

Und er fand die Obdachlosensiedlung im Yoyogi-Park. Blaue Plastikplanen erhoben sich vom Boden. Davor standen Kartons. Und die Plastikplanen ragten einen halben Meter über den Eingang hinaus. So entstand ein kleiner Hausflur.

Dort sah Pechstein Gaskartuschen, kleine Kocher für das Teewasser und Schuhe, denn auch bei den Obdachlosen mussten die Schuhsohlen offenbar draußen bleiben.

Er ging von einer Behausung zur nächsten. »Mina?«, fragte er. Und schließlich wurde eine Alte geholt, mit der er sich aber nicht verständigen konnte. Es fand sich ein Mann, der übersetzen konnte: »Das ist Minas Großmutter, sie weiß nicht, wo ihre Enkelin ist. Sie ist schon lange weg. Kurz nachdem auch das blonde Mädchen aus Deutschland verschwunden war.«

Pechstein stand wie erstarrt.

Eine bohrende Unruhe erfüllte ihn. *Was,* dachte er, *habe ich meiner Tochter nur angetan?*

Wie ein hungriger Wolf streifte er weiter Tag für Tag durch die Stadt, auf der Suche nach Ronja. Und oft hielt er das Handy in der Hand, wartend. Aber es schwieg.

Zweiter Teil

11.

Die Beklommenheit, die Pechstein erfüllte, wurde immer quälender von Tag zu Tag.

Der April hatte begonnen und die ›Kirschblütenfront‹, von den südlichen Inseln nach Norden ziehend, hatte Tokyo erreicht, doch ihr Zauber würde nur eine Woche lang dauern oder zwei. Halb Tokyo, so schien es ihm, versammelte sich im Ueno-Park zum Fest dieser Blüte, bei dem die japanische Seele zu sich selbst finden sollte. Vielleicht war Ronja hier? Blüten über Blüten sah er über sich, als er, aufmerksam nach allen Seiten spähend, auf der Zentralallee des Parks entlangschritt, von der aus er blaue Plastikplanen erblickte, auf denen die Frauen auf ihren Unterschenkeln hockten, die Männer im Schneidersitz saßen, während Sake-Fläschchen von Mund zu Mund wanderten. Sie aßen, tranken, lachten, sangen Karaoke. Sie saßen in Gruppen zusammen, auch die Männer, aber es gab auch gemischte Gruppen, und an ihnen vorbei zog ein Strom von Menschen, die das Treiben der Sitzenden fotografierten. Frauen in bunten Kimonos und Schürzen entdeckte er zwischen den Sitzenden, die Männer trugen Anzüge und Krawatten, aber er sah auch Jüngere in bunten Hemden.

Er jedoch gehörte nicht zu diesen Feiernden, zu keiner Gruppe, er war ein Fremder, ausgeschlossen von all der Fröhlichkeit, nur ein Suchender.

Ein Gefühl der Einsamkeit erfüllte ihn, und die Schwäche lähmte seine Bewegungen, hier, in all der Fröhlichkeit, war es ihm, als sollte er ersticken. Und so entfloh er dem Kirschblütenpicknick.

Am Abend suchte er verbissen in Shibuya, einem Irrgarten aus engen Gassen, wo es alles gab, dicht an dicht, das Restaurant, das Café, die Karaoke-Bar, den Secondhandladen, die Spielhalle, die Boutique, die Disco, den Nachtclub, die Bierhalle, das Cabaret. Und jeden Punk sprach er an, jede Punkerin und zeigte Ronjas Foto.

Werbespots flackerten über gewaltige Bildtafeln und Nachrichten, es roch nach Abgasen und frittiertem Tintenfisch, eine Welt der Versprechungen und Lockungen war es, in der man alles bekam für sein Geld, selbst die angeblich minderjährige Hostess und das getragene Teenagerhöschen mit dem Foto der Besitzerin. Und die Convenience Stores für die Lebensmittel, Fertiggerichte und Kosmetika hatten immer geöffnet, rund um die Uhr.

Hustend lief Pechstein an allem vorbei. *Wer ist schneller,* dachte er, *ich, der Tod oder der Detektiv?*

12.

Und wieder suchte er einen Ort auf, wo sich Jugendliche versammelten, Jugendliche der schrilleren Art …

Der Brücke oberhalb des Harajuku-Bahnhofs hetzte er entgegen, in deren Umgebung ein Treffpunkt der Jugend sein sollte. Sein Herz schlug heftig. Hier war wohl Ronjas Welt, hier konnte sie sein!

Und dann sah er das Treiben, sah hunderte von jungen Japanerinnen und Japanern in schrillen Kostümen, sah Rokoko-Gestalten, Vampire, Fantasy-Punker und Manga-Figuren, wie aus den Heften entstiegen; es wirkte, als ob sich all die jungen Menschen gegenseitig überbieten wollten mit ihrer oft skurrilen Kostümierung bei diesem Karneval der Groteske. Kopfschüttelnd spähte er umher. Er sah Petticoats und Entenschwanz-Frisuren und einen jungen Burschen mit einem roten Sakko, der weiße Engelsflügel auf dem Rücken trug. Ein Mädchen lief herum in einem schwarzen Anzug, trug eine gleichfarbige Melone auf dem Kopf und in den Armen einen Panda aus Stoff.

Es war das Verrückteste, was er wohl je gesehen hatte in seinem Leben. Musik dröhnte aus tragbaren Stereoanlagen, und die jungen Menschen tanzten in Vierer- bis Zehnergruppen, ihre Schritte schienen ihm einstudiert und nicht spontan. Konzentriert wirkten die Gesichter der Tanzenden, ihre Mienen verbissen, es war ein seltsamer Tanz, dem er verblüfft, im Strom vieler Schaulustiger, beiwohnte. Auf den ersten Blick wirkten all die jungen Menschen auf ihn zügellos und wild und doch erschienen sie ihm auch hier brav und geordnet. So war Ronja nicht. Sie unterwarf sich keinem Zwang. Hier aber herrschte ein Zwang, ein Gruppenzwang, wie überall in diesem Land, in dem man einen Nagel einschlug, der herausragte. Am nächsten Morgen würden die Tanzenden wieder gehorsam in ihre Schulen gehen, ihre Schuluniformen tragen, sich verbeugen, wo immer es nötig war, dort, wo die Erziehung und ein gnadenloser Drill auf den Gemeinsinn orientierten, die Gruppe und den Kampf um den Aufstieg. Faulheit konnten sie sich nicht leisten. Und später einmal wählten sie die Arbeitsstelle für ein Leben, ihr ganzes Arbeitsleben.

Plötzlich erschrak er so heftig, dass er zu zittern begann.

Ronja!

Er sah seine Tochter, wenn auch nur von hinten, sah ihr blondes Haar, zusammengebunden zu zwei Rattenschwänzchen, doch trennten ihn viele junge Menschen von ihr. Rücksichtslos drängte er sich durch dieses lebende, vielarmige und vielbeinige Hindernis.

»Ronja!«, stieß er hervor, immer wieder, immer lauter. Ronja trug einen sehr kurzen schwarzen Minirock und eine Lederjacke, die der ihrer schrillsten Punkerzeit ähnelte.

»Ronja!«, brüllte er nun so laut, dass die jungen Menschen erschrocken vor ihm zurückwichen. Doch er kam nur langsam vorwärts, und so sah er sie plötzlich nicht mehr. Eine wilde Angst erfüllte ihn, denn sie sollte ihm jetzt nicht wieder entgleiten, da ihn nur wenige Meter von ihr getrennt hatten, sollte nicht wieder eintauchen wie eine Ameise in diesen Ameisenhügel, wo er sie kein zweites Mal finden würde.

Wild rempelte er junge Menschen beiseite, die ihm auszuweichen versuchten, wohl erschrocken über seine Rücksichtslosigkeit. Plötzlich sah er wieder die blonden Rattenschwänze, sah ihr lockendes Wippen vor ihm in der Menge.

Da packte er Ronja endlich an den Schultern.

Er hatte es geschafft!

Ihm war es wirklich gelungen, sie zu finden!

Aber er sah in ein fremdes Gesicht, und sofort erfüllte ihn eine grenzenlose Enttäuschung. Es war nicht Ronja!

Es war eine Japanerin mit blond gefärbtem Haar.

»Sumimasen, Entschuldigung«, stammelte er nun selber erschrocken, als er in zwei furchtsame Mandelaugen schaute.

Da verbeugte er sich und das Mädchen erwiderte seine Verbeugung mit einem Lächeln, das auf ihn künstlich wirkte, maskenhaft. Er zog das Foto seiner Tochter aus der Jackentasche, um es der Japanerin zu zeigen. »Ich suche sie«, sagte er auf Englisch. Nun lächelte sie freundlicher, da der Schreck gewichen war, doch sie verstand ihn offenbar nicht, sie stammelte japanische Worte.

Schweigend blickten sie sich an.

»Sumimasen«, sagte er dann wieder resigniert.

Enttäuscht irrte er weiter durch das bunte Treiben, ohne Ronja entdecken zu können.

Er presste die Hände zu Fäusten, um das Gefühl der Schwäche zu verdrängen, das ihn wieder befallen wollte. Wann endlich rief er an, dieser japanische Detektiv, wann endlich hörte er den Ruf seines Handys! Würde er Ronja finden, unter den zwölf Millionen Menschen in dieser Stadt?

Noch nie in seinem Leben hatte er sich hilfloser gefühlt.

Warum kam kein Anruf?

13.

Der Anruf des Detektivs, dessen Stimme sachlich und kühl klang, erreichte ihn kurz nach vierzehn Uhr.

»Ich möchte mich mit Ihnen in einer Stunde treffen. Fahren Sie mit der U-Bahn zur Station Mitsukoshi-mae, gehen Sie dann über die Nihombashi-Brücke bis zu einem Denkmal, das neben dem Juweliergeschäft Tagawa steht. Konnten Sie sich meine Beschreibung merken?«

»Ja. Ich werde pünktlich da sein«, sagte Pechstein und sein Herz klopfte heftig.

»Wir Japaner lieben die deutsche Pünktlichkeit«, kam es vom Detektiv.

Er fand die Brücke rasch. Sie war im Renaissancestil erbaut, aus Stein und Metall, und es schien so, als würde sie beinahe erdrückt von den wuchtigen Hochstraßen, die über sie hinwegführten und von denen wilder Lärm des Verkehrs herabdröhnte.

Als er über die Brücke schritt, wandte er sich um und sah einen einzelnen Japaner, der einen blauen Anzug trug und in der Hand eine Aktentasche.

Pechstein verharrte neben einer Art schmiedeeisernem Kronleuchter aus vier Laternen, über denen noch eine weitere thronte, ehe er seinen Weg über die Brücke fortsetzte.

Und er war überrascht, als er das Denkmal sah, das an den Lotsen Will Adams erinnerte, den er nur für eine Romanfigur Clavells gehalten hatte.

Aus einem Hauseingang löste sich die Gestalt des Detektivs.

»Kommen Sie«, sagte er, und sie gingen nebeneinander die Straße hinauf, ehe der Detektiv zu sprechen begann.

»Ihre Tochter ist nach Tokyo gekommen und geblieben. Also musste sie sich, wie wir denken, auch ernähren. Wie Sie sagten, hat sie keine Berufsausbildung. Also muss sie etwas gemacht haben, womit sie an Geld kommen konnte. Sie ist ein sehr hübsches Mädchen, ein blondes Mädchen, eine Augenweide für jeden japanischen Mann.«

Der Detektiv räusperte sich, ehe er fortfuhr.

»Wir haben Hostessen-Clubs überprüft, in denen Ausländerinnen arbeiten. Bekommen Sie keinen Schreck. Die Mädchen schlafen nicht mit den Männern, die dort verkehren, sie verwöhnen sie nur, zünden ihre Zigaretten an, hören sich geistloses Gequatsche an, vermitteln ihnen den Eindruck, sie wären besondere Persönlichkeiten. Es war gut, dass wir die Fotos hatten, denn es gibt viele blonde Hostessen in den Clubs. Doch es ist eben auch lange her.«

Hörbar atmete er ein und aus. »Und wir haben eine Spur gefunden.«

Pechstein starrte den Japaner überrascht an.

»Sie haben meine Tochter gefunden?« Es war ihm, als wolle sein wild schlagendes Herz aus dem Brustkorb springen.

Der Detektiv schüttelte den Kopf. »So kann man das nicht nennen. Aber sie hat tatsächlich in einem Hostessen-Club gearbeitet.«

Pechstein biss auf seine Unterlippe, er bebte weiter am ganzen Körper.

»Aber«, so fuhr der Detektiv fort, »sie hat es nicht lange getan. Gangster, Männer der Yakuza, sollen sie sich gegriffen haben. Dem Boss eines ihrer Syndikate wird Ihre Tochter gefallen haben, so sehr, dass er sie sich holen ließ. Nur wissen wir noch nicht, wer dieser Boss ist. Sieben Syndikate gibt es in Tokyo. Es herrscht bei der Yakuza das Gesetz des Schweigens. Und so schwatzt keiner gern, wenn er als Strafe für seine Geschwätzigkeit irgendwo, mit Beton beschwert, auf dem Grunde der Bucht von Tokyo landet. Das aber ist unser Problem. Durchbrechen wir dieses Gesetz, so werden wir wissen, bei welchem Syndikat sie gelandet ist. Unter Zwang, so nehme ich an. Wir können das fehlende Puzzle noch heute erhalten oder morgen oder erst in Tagen oder Wochen. Wir arbeiten daran.«

Forschend starrte Pechstein den Detektiv an. »Dann sind Sie also in kurzer Zeit weiter gekommen als damals die Polizei?«

»Meine Männer und ich arbeiten mit anderen Mitteln als die Polizei, und wenn es sein muss, verlassen wir ein wenig die Legalität. Da die Yakuza mit Sicherheit einen Wink von unseren Ermittlungen erhalten hat, ist es möglich, dass Sie, als unser Auftraggeber, in Gefahr sind. Die einfachste Lösung für die Yakuza wäre also, Sie verschwinden zu lassen. Wir beide treffen uns deshalb immer an anderen Orten, wir haben heute mit dieser Praxis schon begonnen. Erkennen wir ihre Beschatter, wissen wir, zu welchem Syndikat sie gehören und wer also ihr Boss ist. Und der könnte dann große Probleme bekommen, die allergrößten.«

Pechstein verkrampfte die Hände. »Was wollen Sie mit Ihren Worten sagen?«

Das Gesicht des Detektivs wirkte wie eine Maske. »Es könnte etwas mit Ihrer Tochter geschehen sein.«

Pechstein erstarrte, ein Schauder rann über seinen Rücken, ein langer Schauder.

»Die Polizei«, sagte der Detektiv, »ist heute immer dicht an den Yakuza dran. Diese Angelegenheit kann den Boss, wer es auch immer ist, den Kopf kosten. Ich glaube, Sie ahnen nicht, wie heiß diese Sache ist. Hier kann ein Mann stürzen, der sich als Geschäftsmann tarnt, wie viele Yakuza-Bosse, und der über eine gewaltige Macht verfügt und sie auch behalten will. Also übernachten Sie ab heute nur an Orten, wo die Yakuza Sie schwer aufspüren kann. Schlafen Sie in Love Hotels. Davon gibt es unendlich viele in Tokyo. Sie müssen sich dort nicht ausweisen, keiner fragt Sie, wer Sie sind, von der Kassiererin oder dem Portier sehen Sie in der Rezeption nur die Hände, die durch einen schmalen Schlitz greifen, um an Ihr Geld zu kommen. An der Wand hängen die Fotos einzelner Zimmer. Ist es beleuchtet, können Sie das Zimmer haben und Sie können einen der zwei Knöpfe drücken, wenn Sie das Zimmer wünschen. Drücken Sie den einen, wird es ein kurzer Aufenthalt, drücken Sie den anderen, buchen Sie die gesamte Nacht. Die Einrichtung der Zimmer ist – da dürfen Sie nicht erschrecken – unheimlich kitschig und sehr schrill. Da gibt es Zimmer im Texas-Dekor, arabische Harems, Schweizer Chalets, Raumkapseln, polynesische Tiki-Hütten, Wigwams. In Shibuya steht sogar eines dieser Hotels, das an das Tadsch Mahal erinnern soll, in Ikebukuro gibt es eins, das einem Schloss in Schottland nachempfunden ist – das Loch Love. Diese Hotels sind sauber und gut. Parkt man zum Beispiel ein Auto in der Tiefgarage des Hotels, stülpt ein Angestellter sofort eine undurchsichtige Plastikhaube über das Nummernschild.«

Die Miene des Detektivs blieb ausdruckslos.

»All diese Angaben mache ich zu Ihrer eigenen Sicherheit. Sie könnten in Gefahr sein, in größter Gefahr!«

»Danke«, erwiderte Pechstein.

»Ich schlage Ihnen folgendes vor«, fuhr der Detektiv fort. »Wir könnten Ihnen einen Mietwagen beschaffen, der liefe dann nicht auf Ihren Namen, einen Kastenwagen von VW, mit getönten Scheiben. Wir würden Ihnen einen Futon hineinlegen und Sie hätten einen sicheren Schlafplatz. Durch die Scheiben können Sie hinaussehen, aber kein Mensch zu Ihnen hinein. Sie könnten das Auto in der Nähe des Friedhofes Aoyama in einem Hof parken, wo wir Sie im Auge behalten. Ständig. Der Friedhof liegt in Roppongi, sehr verkehrsgünstig, direkt an der U-Bahnstation Nogisaka und der Straße Gaien-Higashi-dori. Wenn Sie mit dem Auto fahren wollen, benötigen Sie eine beglaubigte japanische Übersetzung Ihres Führerscheins. Sie bekommen sie in Ihrer Botschaft.«

»Gut«, erwiderte Pechstein überrascht, und er dachte: *Nicht ein einziges Mal hat der Detektiv von einem Honorar gesprochen?* Doch konnte er sein Geld mit ins Grab nehmen? Nein! Und er würde jeden Preis zahlen, also fragte er auch nicht. In einem Schließfach lag sein Geld, getauscht in japanische Währung, zur Zahlung bereit und für sein Leben in dieser Stadt. »Dann treffen wir uns morgen an diesem Friedhof um vierzehn Uhr«, hörte er den Detektiv sagen. »Gehen Sie nun den Weg einfach wieder zurück.«

Der Japaner verbeugte sich und Pechstein tat es ihm nach, doch wollte ihm ein Lächeln nicht gelingen, sein Gesicht blieb so starr wie das Antlitz des Detektivs. Es war ihm jählings, als hätte der Tod die Knochenhand auf seine Schulter gelegt, aber nicht als Feind, sondern als Verbündeter. Er begriff diesen seltsamen Gedanken noch nicht …

»Da gibt es eine Mina«, stieß Pechstein plötzlich hervor. Der Detektiv nickte. »Das wissen wir schon. Sie verschwand nach Ihrer Tochter. Sie ist unauffindbar geblieben, trotz polizeilicher Ermittlungen.«

Pechstein hielt die Lippen fest aufeinandergepresst. Eine Angst erfüllte ihn, wie er sie noch nie zuvor empfunden hatte. Und ein eiskalter Schauer lief den Rücken herab.

14.

Vor ihm lag der Friedhof Aoyama, der nicht schwer zu finden gewesen war, wenn man an der U-Bahn-Station Nogizaka die Chiyoda-Linie verließ. Er war eine Stadt der Toten, ein steinernes Meer, endlos, düster und still, und selbst die Geräusche der Straße vernahm man wie aus einer weiten Ferne. Er war zu früh.

Tief lief er in den Friedhof hinein, mit leisen Schritten auf einem Weg, den Kirschblüten bedeckten, als wollten sie die Geräusche der Schritte mindern, um die Ruhe der Toten nicht zu stören, vorbei an schmalen und hohen Grabsteinen mit buddhistischen Namen der Verstorbenen in tief eingefrästen Schriftzeichen. Ein Mann verbeugte sich vor einem Grabstein, wobei er die Handflächen vor dem Gesicht aneinander presste – es war die buddhistische Haltung der Achtung vor dem Toten. Dann setzte sich der Mann im Schneidersitz auf die Erde, als ob er eine stumme Zwiesprache mit dem Verstorbenen halten wolle.

Wo aber war der Detektiv?

Und wenn ihn die Yakuza hier töteten, wo es keine Zeugen geben würde? Wenn sie ihn einfach verschwinden ließen?

Moos wuchs an vielen Grabsteinen hinauf, das bemerkte Pechstein, als er vorsichtig, nach allen Seiten spähend, weiter schritt.

Er verharrte in der drückenden Stille, die ihn umgab, der Stille hunderttausender Seelen, und er erblickte die kleinen, steinernen Statuen der Götter, die so manches Grab zu bewachen schienen.

Hier wäre ein guter Platz für die Ewigkeit.

Aber der Tod wollte ihn selbst offensichtlich noch nicht. Er ging zum Ausgang zurück. Da sah er den Detektiv auf sich zukommen, wie aus dem Nichts tauchte er auf. So hätten auch die Yakuza kommen können.

Minuten später besichtigten sie den gemieteten Kastenwagen, dunkelblau und wirkend, als wäre er noch wenig gefahren worden. Die Scheiben waren getönt und man konnte von außen nicht hineinschauen, selbst aber von innen jeden sehen, der sich dem Wagen näherte. Der Detektiv hatte an alles gedacht.

Das Auto parkte auf einem kleinen Hinterhof, den zwei kastenförmige, kasernenartige und schmucklose Wohngebäude begrenzten, ein sechsgeschossiges und ein achtgeschossiges Haus ohne Obergeschoss und mit spitzen Dächern, die alle dicht an einer Straße standen, über die eine Hochstraße hinwegführte. *Ein perfektes Versteck*, dachte Pechstein, *das sie am Bildschirm immer beobachten können, wenn ich im Auto bin.* In dessen Innerem befanden sich ein Futon, eine transportable Toilette, mehrere Handtücher, Toilettenpapier, ein Behälter mit Wasser und eine Schüssel. Auf den Sitzen entdeckte er Skizzen, wie er dieses Versteck von verschiedenen Stadtteilen aus mit den Bahnen erreichen konnte, auf denen auch die Abfahrten von der Hochstraße eingezeichnet und auf Englisch beschrieben worden waren, zusammen mit den Anfahrtsskizzen zu Love Hotels. Es war wirklich alles bedacht worden, die Männer dieser Detektei verstanden ihr Handwerk, sie waren absolute Profis, vielleicht sogar ehemalige Polizisten, die in diesem Beruf mehr verdienten als ihre Kollegen. Plötzlich dachte er sogar, beinahe erschrocken, wieder an das Honorar, doch verdrängte er diese Überlegung sofort. Nun würde er spurlos abgetaucht sein in diesem Irrgarten aus Straßen und Gassen, unauffindbar für die Polizei und die Yakuza, in diesem gewaltigen Raum der Nichtexistenz.

»Ein gutes Auto«, lobte er den Detektiv, der sich leicht verbeugte, ohne eine Regung im Gesicht, die Augen hinter der Sonnenbrille verborgen.

Dann unterbreitete ihm der Detektiv einen Vorschlag und begleitete ihn auch zu einem Friseur, als ob er die Umsetzung steuern und überwachen wollte. Pechstein wurden die Haare geschnitten und schwarz gefärbt, so dass er nun nicht anders wirkte als all die Japaner, die ihn umgaben, ja, in der Menge nicht mehr auffiel, da er nicht größer war als japanische Männer. Und er trug von nun an immer eine Sonnenbrille wie der Detektiv, die seine so auffallenden Augen, die nicht die Schrägheit der japanischen besaßen, vor Blicken verbarg; eine Stunde später trug er außerdem einen Anzug, wie die unendlich vielen Angestellten der Riesenstadt. Als er dann noch sein Gesicht leicht schminkte, es mehrmals übte in seinem Auto, bis es ihm perfekt gelang, wirkte er wie ein Japaner, war ein Teil der schwarzhaarigen Menge, die ihn umgab. Andere Ausländer, besonders Amerikaner, ragten wie menschliche Leuchttürme aus der Menge heraus, immer sofort als Fremde zu erkennen, er aber ging auf in der Masse, wurde ein Teil von ihr.

Sein letztes Abendessen im Ryokan nahm er in seinem

Zimmer zu sich, wo es ihm – wie bei jedem Mal – serviert wurde auf einem Lacktablett, in dekorativem Geschirr, das aus Keramik bestand, Porzellan und Lackschälchen und einige Scheiben rohen Fisch enthielt, eine klare Suppe, gedünstetes Gemüse, gegrillten Fisch, Reis und in Essig eingelegtes Gemüse und Obst. Doch aß er lustlos, ehe er noch einmal in das heiße Gemeinschaftsbad hinabstieg, mit größter Vorsicht und reglosem Gesicht, denn 45 Grad waren kein Kinderspiel. Er entstieg schließlich dem Becken, um sich mit kaltem Wasser zu übergießen, und er fühlte sich entspannt und unendlich müde. Aber der Husten und die Unruhe hielten ihn noch lange wach, sie waren stärker als die Müdigkeit. Die Gefahr war da und sie war nah. Diese japanischen Mafiosi konnten ihn töten, ehe er Ronja finden und ihr helfen konnte.

Dritter Teil

15.

Und unvermittelt sah er sie, sie verfolgten ihn, in der U-Bahn war es ihm bewusst geworden und auch dann, als er den Bahnhof Ochanomizu am Kanda-gawa rasch verlassen hatte, um einzutauchen in den Irrgarten der Gassen. Ihm folgten zwei Männer, von denen der eine eine Jacke aus schwarzem Schlangenleder trug, oder auch nur eine Imitation. Sie blieben hinter ihm, wenn auch in weiter Entfernung. Die Entdeckung wühlte ihn auf. Die tödliche Gefahr war immer da.

Er verhielt sich so, als hätte er sie nicht gesehen, aber er war bemüht, sie rasch abzuschütteln, was ihm einfach nicht gelingen wollte.

Da hörte er laute Rufe: »Was hoi! Was hoi!« Er sah Menschen, dicht an dicht, die Straße flankieren, und er tauchte ein in dieses Gewimmel. *Hier muss ich sie loswerden,* dachte er.

Dann bemerkte er auf der Straße Männer und Frauen in kurzen blauen Jacken und mit Stirnbändern, die auf ihren Schultern einen kleinen, aber offensichtlich doch sehr schweren Schrein trugen, der zu einem der großen Schreine gehören musste, auf die er schon oft gestoßen war in Tokyo. Hin und her schüttelten ihn die Trägerinnen und Träger, als sie an ihm vorbeizogen, um so dem Gott, das wusste er, sichtbar zu machen, was außerhalb seines Wohnsitzes geschah. Locker wirkten die Menschen und ausgelassen, und überraschend viele Frauen trugen den Schrein, der in einer prächtigen Weise verziert war und auf dessen dunklem Dach ein goldener Hahn stand, der zu tanzen schien, als Folge der Bewegungen der Träger und Trägerinnen. Und die ununterbrochenen Geräusche von hölzernen Klappern, Pfeifen, Flöten, Gongs und Trommeln folgten dem Schrein.

Wieder und wieder wandte Pechstein sich um.

Wo waren seine Verfolger? Konnten sie ihm hier, in diesem Gewühl, ein Kurzschwert in den Rücken bohren? Hatten sie ihn nur verloren in der Menge? Es war ein Glück, dass er auf diese Prozession gestoßen war. *Die Götter*, dachte er, *meinen es offensichtlich gut mit mir*. Er sah in die glänzenden Augen der Japaner, sah eine Euphorie, die in Deutschland nur der Fußball auslösen konnte, aber nicht ein Glaube, ob es der evangelische war oder der katholische. Aber diese Atmosphäre konnte ihn nicht faszinieren, da er an seine Verfolger und ihre tödlichen Waffen dachte.

Sein Herz schlug unruhig. War er seinen Verfolgern entkommen? Er konnte es nur hoffen. Aber er hatte sie im Nacken und würde sie, wie es der Detektiv angedeutet hatte, auch weiter fürchten müssen. Er spürte die Körper der Menschen, die ihn umgaben, und er empfand sie wie einen lebenden Schutzwall, er war ihnen dankbar für diesen Schutz, denn die Anonymität der schwarzhaarigen Menge hatte ihm geholfen. Doch würde sie ihm immer helfen können? Eine einzige Unachtsamkeit und die Männer der Yakuza hatten ihn in ihrer tödlichen Gewalt. Aber bevor der Tod ihn holte, musste er Ronja finden!

16.

Erschöpft wollte er sich in einem kleinen Park ausruhen, den er plötzlich entdeckte und in dessen Mitte, am Rande eines Teiches, er einen hohen Phallus aus Stein zwischen Lotusblüten bemerkte, einsam und verlassen, wartend auf die Opfergaben. Und wie aus dem Nichts kommend sah er einen Mann herantreten an den kleinen Schrein neben dem Phallus, die Hände zusammenlegend zum Gebet, einen Mann in einem teuren Anzug und in mittleren Jahren. Um was bat er wohl die Götter? Jäh erschrak Pechstein: War dieser Mann einer jener geheimnisvollen Verfolger, gab er Anderen ein Zeichen mit seinen betenden Händen, war alles nur ein Schauspiel, um ihn, Pechstein, zu fassen?

Aufmerksam schweifte sein Blick umher. Eine seltsame Stille schien ihn plötzlich zu umgeben, als wäre der Lärm der Stadt erloschen.

Der Fremde betete noch immer.

Hustend verharrte er, bis der Fremde endlich den Platz seiner Andacht verlassen hatte. *Aber im Gehen, und das ist das Bedrohliche,* dachte Pechstein, *hat er mir einen Blick zugeworfen, einen raschen, doch sehr aufmerksamen Blick seiner Augen, der im Gegensatz steht zu seiner Andacht, die er gerade vollzogen hat.*

Grübelnd schaute er dem Mann nach. Es war gewiss dumm von ihm gewesen, in einem Park zu bummeln, wo es keine Menschen gab, die ihm helfen konnten, keine Zeugen.

Mit raschen Schritten verließ er den Park wieder und war erst froh, als er auf der Straße stand und sich endlich in einem Bereich aufhielt, wo Menschen waren, denn Menschen würden immer ein Schutz sein, dessen war er sich wohl bewusst. Und wo Menschen waren, konnte er auch Ronja begegnen!

Seine Hände glitten zum Handy, doch es blieb still.

Warten.

Warten.

Warten.

Und die Zeit lief gegen ihn. Und sein Husten wurde wieder stärker, dieser quälende Husten, den er nicht unterdrücken konnte. Aber die Ärzte konnten ihm nicht wirklich helfen. Denn was würde geschehen, wenn sie ihm operiert hätten? Dann wäre er so geschwächt, dass er Ronja nicht würde suchen können. Aber die Schwäche hatte ihn auch so erreicht. Oft genug suchte er eine Bank, um sich zu setzen. Doch sein eiserner Wille trieb ihn immer wieder weiter.

Und er aß in einer Snackbar, wo die Essenden nebeneinander auf einer Bank saßen, von den Schultern aufwärts durch einen Vorhang vor fremden Blicken geschützt, hier, wo Sushi weit billiger war als in Deutschland.

Schwarz zogen die Wolken der Stadt entgegen, von Osten her kamen sie, vom Meer, und sie brachten den Regen, die ersten Tropfen fielen bereits auf all die Dächer der Häuser, die Tempel, die Schreine, die Bahnhöfe, die Gärten und Parks, und bald wurden sie dichter und dichter.

Und er schlief in dieser Nacht in Meguro, in einem Love Hotel im Stil eines Märchenschlosses, jenseits der neuen Tako-Brücke über dem Meguro-gawa-Fluss. Bevor er sich in sein Bett legte, duschte er sich eine Ewigkeit lang, als könnte er so den lästigen Husten wegspülen, seine Angst und die Unruhe.

17.

Und wieder begann er, mit Ronjas Bild in der Hand, Jugendliche zu fragen.

»Hai«, sagte ein Mädchen in Punk-Outfit, und dann in schlechtem Englisch: »Vor zwei Stunden am Tokyo Tower. Sicher wollte sie hoch zur zweiten Rundblick-Plattform. Sie schnorrt dort. Ich glaube, das ist sie.«

Mit offenem Mund starrte Pechstein sie an.

Sollte sich jetzt, in der kommenden Stunde, alles zum Guten fügen? War er selbst schneller als der Detektiv gewesen?

In den Stadtteil Shiba fuhr er sofort hinaus mit der S-Bahn, in einem Waggon der Yamanote-Linie sitzend, zum Bahnhof Hamamatsucho. Er sah ihn aufragen hinter dem Shiba-Park, diesen gewaltigen Turm, den Tokyo Tower, und er fuhr hinauf zur zweiten Rundblick-Plattform, zu der kleineren, die in 250 Meter Höhe lag, hundert Meter über der ersten. Aber er war enttäuscht. Hier war keine Ronja.

Ein Japaner überreichte ihm, mit einer Verbeugung, die Pechstein sofort erwiderte, ein Fernglas. Aber nur aus Höflichkeit schaute er hindurch. Er war kein Tourist! Aber dann stand er völlig überrrascht: Nun sah er es, das Leben auf den Dächern, die Schreine mit roten Toriis, die Biergärten, die Dachgärten des Luxus, die Golfplätze und Bonsai-Regale, all die Waschmaschinen mit der daneben im Wind flatternden Wäsche. Und er sah die zum Lüften ausgelegten Futons, deren Besitzer oder Besitzerinnen längst ein Teil des Gewimmels auf den Straßen geworden waren oder in den

Großraumbüros, er bemerkte Hubschrauberplätze und Teehäuschen und Kinder, die einen bunten Drachen steigen ließen, um ihn dann wieder herab zu holen aus der Luft. Doch diese Beobachtungen berührten ihn nicht wirklich, die Gedanken an Ronja ließen ihn nicht los. Als er das Fernglas zurückgegeben hatte, sah er, wie einen silbernen Blitz, einen Zug durch die Häuserschluchten jagen, als suchte sein länglicher, nach vorn gerichteter Schnabel erst während dieser rasenden Fahrt den Weg, einer Fledermaus gleich in der Dunkelheit, die jedem Hindernis, auch in der größten Schnelligkeit, mühelos auswich.

Er durchstreifte die gesamte Gegend vor dem Turm. Aber er vergaß nicht die Gefahr: Sie konnten schon hinter ihm sein, diese Killer, sie konnten jeden Augenblick zuschlagen. Sein Herz klopfte stark.

Spät abends lief er ziellos und hustend durch die quirligen Straßen von Kabukicho, lief im gleißenden Neonlicht durch dieses endlose Sündenbabel Tokyos, blickte in die lockenden Augen der Dirnen und die werbenden der Anreißer im grellen Outfit vor den Bars, vorbei lief er an chinesischen Clubs und Girlie-Bars, an Love Hotels für die schnelle Liebe und an Nudellokalen, an Sushi-Bars, an Peepshows und Dessous-Bars, an koreanischen Grillrestaurants und SM-Clubs mit gnadenlosen, peitschenden Schönen, an Strip-Lokalen, an einem wie verloren wirkenden Polizeihäuschen, und er sah japanische Schülerinnen in ihren Schulkostümen, die offensichtlich auf den Strich gingen für ihre teuren Modewünsche und blitzschnell verschwanden, wenn sie einen Polizisten wahrnahmen. Er sah wieder eine junge Japanerin, gekleidet wie eine Punkerin, und unversehens überlief es ihn eiskalt, als hätte ihn ein Signal getroffen, das aus dem Unerklärlichen kam, ein beängstigendes, drohendes Signal. Sein Herz begann zu hämmern und er wusste: Welche Eindrücke auch immer auf ihn einstürmten, bizarr oder schön, diese Angst würde bleiben, die Furcht vor der Wahrheit, vor der Gewissheit, vor dem Tod …

Er zeigte der Punkerin Ronjas Foto, aber das Mädchen zuckte nur mit den Schultern, lächelte dabei und verbeugte sich. Ronja würde sich nie verbeugen, dachte er. Was will sie dann hier, im Land des Gruppenzwangs? Erst, nachdem sie weg war, hatte er ihre facebook-Seite gesehen und war überrascht gewesen über ihr Selbstbewusstsein, mit dem sie sich darstellte. Es war ihm erschienen wie eine andere Welt, in die er eindrang. Er aber hatte sie immer nur als Kind gesehen, ein Kind, das gehorchen musste.

18.

Heftig erschrak er, als der Ruf des Handys ertönte und er dann die Stimme des Detektivs vernahm.

»Ich möchte Ihnen ein Treffen vorschlagen, im Kaufhaus Mitsukoshi, an der großen Skulptur der Göttin der Aufrichtigkeit. In genau zwei Stunden. Nehmen Sie kein Taxi, wir wollen sehen, ob Ihnen jemand folgt. Ich nehme an, Sie kennen das Kaufhaus?«

»Ja«, erwiderte Pechstein, denn er hatte ein Foto des Gebäudes in einem Bildband gesehen, es sollte wohl das zweitälteste Kaufhaus der Welt sein, achtgeschossig, mit einem eigenen Theater und hoch oben, auf dem Dachgarten, einem Shinto-Schrein.

»Gut«, sagte der Detektiv. »Dann sehen wir uns in genau zwei Stunden.«

»Ja«, brummte Pechstein mit einer rauen Stimme, die er immer dann hatte, wenn er erregt war. Was wussten sie schon? Wie weit waren ihre Ermittlungen gediehen? Die Stimme des Detektivs hatte sachlich und kühl geklungen. Und wieder packte ihn ein Erstickungsanfall, minutenlang, ehe er endlich den Stadtplan aufschlug.

Als er im Bahnhof einsteigen wollte in die Untergrundbahn, sah er sich unvermittelt und regelrecht erschrocken einer auf ihn zuströmenden Menschenmenge gegenüber, da er sich wohl im Gang oder in der Treppe geirrt haben musste. Aber die Menge riss ihn nicht mit, sie umspülte ihn nur, ohne ihn zu berühren, der Strom der Menge floss an ihm vorbei, und als er sich weiter vorwagen wollte, teilte sich der Strom um ihn, wich ihm aus, es war seltsam, er wurde umflossen wie ein Standbild, jedoch nicht einmal gestreift, und berührte ihn die Schulter eines Japaners, so erfolgte flugs dessen mit Verneigungen begleitete Entschuldigung, auch in all dieser Fieberhaftigkeit.

Später beobachtete er die schlafenden Japaner in den Waggons mit ihren wächsernen Gesichtern, die sich mechanisch erhoben, wenn sie ihr Fahrtziel wohl erreicht haben mussten, als ob eine innere, unsichtbare Uhr sie geweckt hätte. Schulter an Schulter saßen sie, schlafend und doch nicht verschlafend, so, als ob selbst der Schlaf in Gruppen geschah, als kollektiver Rückzug. Andere lasen in Büchern, die er nicht mochte, da sie nur aus Bildern und wenig Text bestanden und Mangas hießen, selbst ein uralter Japaner mit grauem Haar, der sich auf eine seltsame Weise abhob von den Menschen und doch wieder zur Gruppe der Manga-Leser gehörte. Im Wagen fiel ihm kein Verdächtiger auf, den er als Verfolger einordnen konnte, doch wer wusste schon, wie gut sie sich zu tarnen verstanden? Vielleicht konnte es sogar eine Frau sein? Dann suchte er das Kaufhaus im Stadtplan.

Beim Verlassen des Waggons sah er sich wieder aufmerksam um, auch auf den Treppen, und ebenso, als er das Bahnhofsgebäude verließ und Regen ihn empfing.

Es gelang ihm schnell, das Kaufhaus zu finden, und als er die Eingangshalle betrat, fühlte er sich einen Augenblick lang wie in einer Kathedrale, so gewaltig wirkte der Anblick auf ihn. Und dann sah er eine leuchtende Skulptur, ein golden glänzendes gewaltiges Monument und darin die Göttin, die lächelnd zu ihm herabzublicken schien, umgeben von seltsamem Getier, in der Mehrzahl wohl Schlangen, vielleicht waren es auch Fabelwesen. Das also war sie, die Göttin der Aufrichtigkeit, die dieses Kaufhaus gewissermaßen zu einem Tempel machte.

Neben dem Sockel führten Stufen hinauf zur ersten Etage, vorbei an dieser auf ihn so mystisch wirkenden Skulptur. Er beobachtete Verkäuferinnen, die gelassen die Kunden bedienten, in all der Hektik der Menschen, die sich in einem nicht enden wollenden Strom in das Kaufhaus ergossen, denn das Shoppen war die Lieblingsbeschäftigung der Japaner. Eine Hand legte sich auf seine Schulter, eine harte Hand, die Hand des Detektivs, der sich verbeugte. Pechstein erwiderte diesen Gruß.

»Ich habe keine Verfolger feststellen können«, sagte der Detektiv.

Pechstein nickte. »Ich auch nicht. Aber ich habe in den Tagen zuvor einen Verdacht gehabt«, sagte er dann rasch. »Man ist mir gefolgt.«

Die ausdruckslose Miene des Detektivs veränderte sich nicht.

»Wissen Sie das genau?«

»Ja.«

»Rufen Sie mich dann sofort an! Immer!«

Sie verließen das Kaufhaus, um in eine kleine Gasse einzubiegen.

»Sie hat bei einem Mann gelebt«, begann der Detektiv. »Wir nehmen an, es war ein erzwungener Aufenthalt. Dieser Mann liebt blonde Frauen. Und er bekommt jede Frau, die er will, er hat die Macht, sie sich zu nehmen.«

»Wer ist dieser Mann?«, wollte Pechstein rasch wissen.

»Er ist ein Yakuza-Boss, vielleicht der gefährlichste in Tokyo, obwohl er völlig hinter den Kulissen bleibt. Nach außen scheint er ein Ehrenmann zu sein. Ich kenne ihn genau und auch seine Rechtsanwälte, die besten von Tokyo. Er hat seine Finger im Immobiliengeschäft und im Bauwesen, durch Schutzgelderpressung, die nie beweisbar ist, da sie nicht angezeigt wird, verdient er Millionen, denn alle zahlen sie, jeder Supermarkt, jede Privatklinik, jeder Händler, er kontrolliert den Drogenhandel in Rappongi und dort auch die Prostitution, jedes Bordell. Er gewährt Zinsen und lässt ihre Rückzahlung gnadenlos eintreiben, er mischt im illegalen Waffenhandel mit, und er hat einen engen Draht zu unserer so stolzen Regierungspartei, besticht ihre korrupten Abgeordneten, nimmt Einfluss auf ihre Entscheidungen, ja, sogar, wenn man es genau besieht, auf den Inhalt entstehender neuer Gesetze. Es wurde oft versucht, ihn zur Strecke zu bringen, es gelang nicht. Er wohnt in einem eleganten Apartmenthaus in der Nähe des Tokyo Towers in den zwei letzten Etagen, die man nur durch einen eigenen privaten Lift erreichen kann, der erst nach oben fährt, wenn die Bestätigung aus seinem Apartment kommt. Das Haus hat mehrere Aufzüge und die Eingangshalle ist so gut bewacht, dass niemand unbemerkt hineingelangen kann. Er ist perfekt geschützt. Und er besitzt eine Ninja-Schule und beherrscht selbst all die Kampftechniken, die in ihr gelehrt werden, die gültig sind seit Jahrhunderten und die Sie nicht kennen, Pechstein-san, auch mit einer Spezialausbildung nicht.«

Warum sagt er das, schoss es Pechstein durch den Kopf, der zu ahnen begann, welchen Verdacht der Detektiv hegte.

»Sie hat in seinem Apartment gelebt, obwohl es keiner wusste. Nur meine Beziehungen zu Aussteigern aus der Yakuza haben mir diese Information ermöglicht. Eines Tages wurde Ihre Tochter in seinem Apartment abgeholt durch drei Yakuza, nachts, und danach hat man sie nie mehr gesehen.«

Unvermittelt blieb Pechstein stehen, blickte dem Detektiv fest in die Augen.

»Sagen Sie mir ehrlich, was Sie denken, was immer es auch ist. «

Die Miene des Detektivs wirkte völlig undurchdringlich.

»Reden Sie!«

»Ich fürchte, er hat sie umbringen lassen, denn wenn die Entführung herausgekommen wäre, hätte man ihn endlich verhaften können. Und diese Mina haben sie als mögliche Zeugin beseitigt.«

Pechstein spürte, wie sein Herz zu rasen begann, schneller und schneller. Er presste seine Hände gegen die Stirn, minutenlang.

Der Detektiv hob beschwichtigend die Hände, verbeugte sich aber dabei.

»Noch wissen wir nichts Endgültiges«, sagte der Detektiv. »Als ich noch Polizist war, habe ich einen Aussteiger aus diesem Syndikat betreut, ihm eine neue Identität geben lassen. Dieser Mann lebt in Osaka. Ich werde ihn finden und befragen.«

»Nehmen Sie mich mit!«, drängte Pechstein.

Der Detektiv nickte. »Wenn dieser Mann sprechen sollte, geht er ein hohes Risiko ein, das höchste, was es im Leben gibt. Aber er ist mir einen Dienst schuldig, weil er mir sein Leben verdankt.«

»Können Sie mir Waffen beschaffen?«

»Wir haben sehr harte Waffengesetze, das wissen Sie. Aber ich werde, sollte sich mein Verdacht in Osaka bestätigen, Ihnen Waffen beschaffen. Die Blutrache ist auch für mich ein ungeschriebenes Gesetz, dem ich selbst folgen würde.«

Pechstein starrte den Detektiv noch immer an.

»Sie können sich nicht vorstellen«, begann der Detektiv wieder, »was das für ein Mann ist. Er führt eine der gefürchtetsten Yakuza-Familien. Und nie konnte man ihm bisher Verbrechen nachweisen. Die Polizei rennt sich den Kopf an einer Mauer aus Schweigen ein. Wer von seinen Männern gefasst wurde, sagt nicht aus, nimmt lieber zehn Jahre Gefängnis in Kauf. Und er hat die besten Bodyguards, die man sich vorstellen kann, die allerbesten. Keiner kommt an ihn heran und wenn es ihm gelingt, ist er tot.«

»Ich habe nichts zu verlieren«, zischte Pechstein, und er spürte, wie seine Lippen bebten, und der Hass trieb sein Herz zu einem immer schnelleren Schlagen an. »Und ich werde ihn und diese Männer finden und töten. Ich war einmal ein Mann der GSG 9.«

»Ich weiß das«, entfuhr es dem Detekiv. Pechstein stutzte verblüfft.

»Ich melde mich, sobald ich die Adresse des Mannes in Osaka habe«, beendete der Detektiv abrupt das Gespräch. »Ich weiß nicht, wie lange es dauern wird. Sie müssen warten. Sie müssen Geduld haben, die Geduld des Jägers.«

»Die habe ich«, versicherte Pechstein hart. »Nur habe ich nicht mehr viel Zeit.«

Ein Hustenanfall schüttelte ihn.

Der Detektiv verbeugte sich mit unbewegtem Gesicht, so, als trüge er eine Maske.

»Jeden, den die Yakuza jagt, findet sie auch«, sagte er. »Es war bisher immer so. Jeder lügt, der ihre Macht herunterspielt.«

Dann trennten sie sich, und Pechstein schlief in dieser Nacht in einem der berüchtigten Capsule Hotels, die aus in zweigeschossigen Reihen angeordneten Miniräumen bestanden, in denen gerade ein Bett und eine Klimaanlage Platz hatten. Die Kapseln konnte man mittels einer Jalousie verschließen. In dieser Nacht warf er sich unruhig auf seinem Schlafplatz herum. Was würde er verraten, dieser Mann in Osaka? Dann wieder sah er Ronja, damals, in diesem Urlaub auf Bali, der Jahre zurücklag. Schon da hatte er sie zwingen müssen mit der Drohung, ihr das Taschengeld zu kürzen und mit dem Wohnungsarrest. Ihre Augen blieben immer ernst, wenn diese Träume kamen. Er sah sie nie lachen. Was war er für ein Vater gewesen …

Und er träumte von Ronja, erwachte, träumte erneut. Mal waren es sehr konkrete, mal wirre Träume. Er sah sie als Kind, wo sie noch so lieb, so folgsam gewesen war. Dann sah er sich selbst handelnd, als sie älter war und eine Punkerin, und das Dröhnen ihrer ihm fremden Musik durch die Wohnung hallte, als er sie schlug, weil sie nicht reagierte. Er war unbeherrscht und gewalttätig zu ihr gewesen, längst hatte er das begriffen. Mit starren Augen hatte sie ihn angesehen, bockig wie immer, wollte nicht nachgeben, bis er ihre Anlage zerstörte, die Schuld an dem Lärm war. Er hatte sie brechen wollen, es aber nicht geschafft. Kein wirkliches Gespräch war möglich gewesen, nur die Konfrontation, der Zusammenprall. Und sie hatte sich noch mehr abgekapselt von ihm. Warum nur hatte er keine psychologische Hilfe gesucht? Warum hatte er nur ihr die Schuld gegeben – immer?

Schweiß spürte er am ganzen Körper, als er sich wieder und wieder auf seinem Lager herumwarf. Seine Härte der Tochter gegenüber war die Ursache der Entfremdung von seiner Frau, nur hatte er es nicht bemerkt. Ihm kamen die Worte seiner Frau in den Sinn: »Du hast deine Tochter vor dir und nicht eine Terroristin oder Verbrecherin!«

Jetzt liebte er seine Tochter, da, wo es zu spät sein konnte.

Zu spät? Er bebte am ganzen Körper und rieb seine Zähne aufeinander, bis er das Knirschen vernahm. Er wollte es einfach nicht wahrhaben. Wenn es einen Mann geben sollte, der ihren Tod befohlen hatte, würde er ihn töten, ihn und ihre Mörder. Er würde sie hassen, aber hasste er sich nicht auch selbst? Trieb ihn der Hass in eine Sackgasse – ihn, einen einstigen Polizisten? Durfte ausgerechnet er Selbstjustiz begehen?

Er atmete keuchend.

Hatte er nicht selbst Ronjas Flucht, ja letztendlich ihren Tod verursacht?

Es war ihm, als ob sein Herz gefror.

Taumelnd verließ er am Morgen die Kapsel. Auf einem roten Briefkasten, der das weiße Postsysmbol trug, hockte ein Rabe und musterte ihn aufmerksam. *Er wirkt wie ein Bote des Unheils,* dachte Pechstein.

19.

Die Unruhe hielt ihn weiter gepackt, eine quälende Unruhe, da ihm bewusst war, dass er seine Tochter vielleicht nie mehr sehen würde. Längst war er für die Polizei verschollen, lebte in einer illegalen Welt, in der er das tun konnte, was er wollte. Aber jede Kontrolle der Polizei konnte für ihn zu einer Gefahr werden, die zu seiner Ausweisung führte. Mehr und mehr spürte er den quälenden Husten, dieses warnende Signal, dass er der Krankheit nicht entgehen konnte, besonders nun, da er sich der ärztlichen Kontrolle entzog. Und diese seltsame Schwäche befiel ihn oft, so dass er sich ausruhen musste, als wäre er ein uralter Mann. Er fühlte sich angekommen am Ende seines Lebens. Aber er wollte der Schwäche nicht nachgeben, er wollte sie verdrängen, solange er es noch konnte, und so begann er weiter die Stadtteile zu durchstreifen, wie ein rastloser Wolf. Womöglich würde er Ronja doch noch begegnen, irgendwo, denn vielleicht waren die Auskünfte falsch gewesen. Vielleicht traf er sie doch noch in dieser Riesenstadt. Er klammerte sich fest an diesen Gedanken. Der Stadtteil Akasaka empfing ihn als ein Gemisch aus Hügeln und Gärten, aus sehr engen Gassen, aber auch aus breiten, von ständigem Verkehr durchfluteten Prachtstraßen. Eine Punkerin befragte er vor dem Hilton-Hotel, das den geheiligten Bezirk des Hie-Schreins überragte, der irgendeinem Gott gewidmet war und seinen Affen-Boten. Und dann sah er in der Nähe vom Toyokawa-Inari-Schrein, in dem ein Reisgott mit seinen Kurieren, den ewig grinsenden Füchsen, wohnen sollte, wieder eine Punkerin. Ronja? Trug sie die Haare jetzt rot? Gab es doch diesen Zufall wie einen Lottogewinn? Er rannte über die Straße, ohne auf die Autos zu achten, kam seiner Tochter immer näher. Da wandte sie sich um. Und er schauderte, da er wieder in erschrockene Mandelaugen blickte. Er verbeugte sich und versuchte zu lächeln. Dann zeigte er ihr Ronjas Foto. Doch sie schüttelte nur bedauernd den Kopf.

Und er erlebte Ronja in seinen Träumen, wieder und wieder, Ronja als Kind, als Punk, und er sah seine Frau, die ihn verlassen hatte, weil sie in ihm den Verursacher sah für Ronjas Flucht. Heute musste er ihr Recht geben. Doch konnte er auch sie nicht auslöschen aus seiner Erinnerung, obwohl er es wollte, seine Frau drängte sich in die Träume, in denen er Ronja sah und machte sie so zu einer doppelten Qual. Wann hatte er sie beide zuletzt in den Arm genommen? Er konnte kein Bild in seiner Erinnerung heraufbeschwören. Er war kein guter Vater gewesen und kein guter Mann, er hatte ver-

sagt. Für die Zerstörung der Familie trug er die Schuld, er allein.

Dann kam endlich der Anruf des Detektivs …

20.

Sie nahmen am Morgen, an dem ein Regenschauer die Straßen peitschte, den Hochgeschwindigkeitszug nach Osaka. Der Detektiv, der eine kleine Aktentasche bei sich trug, wollte nicht mit dem Auto fahren, da der Zug, wie er versicherte, viel schneller wäre.

Sie kamen auf dem Bahnhof Shin Osaka an, wo ein hektischer Betrieb herrschte, in dem sie jeden möglichen Verfolger mit Sicherheit abschütteln konnten, stiegen dann in einen Zug der Tanimachi-Linie, mit dem sie nach Miyakojima gelangten. Im dichten Strom der Menschen liefen sie auf einer Treppe zur Straße hinauf.

Pechstein folgte dem Detektiv, der den Weg suchte durch das riesige, bunte Meer der Pendler auf Fahrrädern. Und immer wieder nahm Pechstein die unauffälligen Blicke wahr, die der Detektiv zurückwarf, immer, wenn sie in eine neue Straße einbogen, die schmaler zu werden schien. Dutzende Hochhäuser passierten sie, von denen so manches, so schätzte er, vierzig Stockwerke hoch sein musste. So hoch flogen nicht einmal die Raben von Tokyo.

Im Hauseingang eines Hochhauses blieb der Detektiv stehen, um mit dem Handy zu telefonieren. Es war nur ein kurzes Gespräch, doch der Detektiv schien zufrieden zu sein.

»Er erwartet uns«, sagte er und warf zwei Kindern einen flüchtigen Blick zu, die lautstark Baseball spielten. Sie nahmen den Fahrstuhl in den zwanzigsten Stock, und der Detektiv lief einen langen Gang entlang, um endlich, dreimal sehr leise und in kurzen Abständen, an eine Tür zu klopfen, die sich anschließend vorsichtig öffnete.

Mit Verneigungen begrüßten sie einen Japaner mit einem breiten, freundlichen Gesicht und zurückgekämmtem Haar, einer Mann, der nun in einem Zeugenschutzprogramm stand, aber Ronja nirgendwo erwähnt hatte bei seinen Aussagen und es aus Angst auch nicht tun würde, wie ihm der Detektiv versichert hatte. Der Detektiv hatte dem Mann schwören müssen, diese Informationen nicht an die Polizei weiterzugeben, sondern sie nur privat zu nutzen. Der Japaner führte sie, nachdem sie sich der Schuhe entledigt hatten, in einen Tatami-Raum, in dem nur ein Kotatsu stand, ein niedriger Tisch, um den herum vier Sitzkissen lagen. Es gab Wandschränke, aber keine Bilder an den Wänden und in der Ecke einen Fernseher und eine Stereoanlage.

Sie saßen am Tisch und der Detektiv lauschte den Worten ihres Gastgebers. Dann aber blickte der Detektiv Pechstein an, und einen Augenblick lang spürte der dessen Hand auf seiner Schulter, es war die einzige Gefühlsregung, die er bisher bei ihm wahrgenommen hatte.

»Es ist leider so, wie ich es vermutet hatte, Pechstein-san. Ihre Tochter ist tot. Drei Männer haben sie im Auftrag ihres Bosses in der Tokyo-Bucht versenkt, in einer Tonne, aufgefüllt mit Beton.«

Pechstein war es, als ob das Blut in seinen Adern gefror, er fühlte sich wie ein Klotz aus Eis, in dem aber doch Leben war, weil das Herz schlug, nur heftiger als sonst, viel heftiger. In Stößen verließ der Atem seinen halbgeöffneten Mund, und er vernahm ein Dröhnen in seinen Ohren, das er nicht kannte, ehe er sich selbst sprechen hörte, mit einer hei-

seren, ihm fremden Stimme: »Ich will die Namen und ich will wissen, wo die Männer wohnen, ich will die Mörder meiner Tochter.«

Der Detektiv nickte und sprach erneut leise mit dem einstigen Yakuza, ehe er sich Notizen machte. Und die Trommel der Rache dröhnte in Pechsteins Ohren, eine mächtige, donnernde Taiko-Trommel.

Die Minuten, die dann folgten, nahm er nur in Trance war, bis er sich mit dem Detektiv auf der Straße wiederfand.

Beim Gang zum Bahnhof unterbrach der Detektiv plötzlich sein langes Schweigen.

»Ich weiß, was sie von mir wollen. Und ich verstehe Sie. Sie werden die drei Namen bekommen und auch die Adressen der Mörder, Sie bekommen den Namen ihres Auftraggebers und Sie bekommen zwei Waffen.«

»Sehr gut«, keuchte Pechstein.

»Sie wissen, auf was Sie sich einlassen?«

Pechstein stöhnte auf. »Und ob! Aber diese vier Yakuza können keinen schlimmeren und tödlicheren Feind haben als einen Mann, der nichts mehr zu verlieren hat und der gelernt hat, jeder Gefahr zu begegnen.«

Die Miene des Detektivs blieb völlig ausdruckslos und doch glaubte Pechstein ein Nicken wahrgenommen zu haben.

»Wenn uns der Aussteiger an die Yakuza verrät, kostet es uns beide den Kopf?«, fragte er.

Der Detektiv erwiderte nichts.

»Ich achte Ihre Hilfe«, versicherte Pechstein leise. »Erlauben Sie mir eine ganz persönliche Frage?«, wollte er dann wissen.

Der Detektiv antwortete mit einem vorsichtigen Nicken. Pechstein sah ihm fest in die Augen. »Haben Sie Angst vor dem Tod?«

Der Detektiv schüttelte den Kopf, ohne auch nur einen Augenblick lang zu zögern. »Unsere Hauptreligionen, ob Buddhismus oder Shintoismus, lassen das Belächeln des Todes zu. Denn der Shinto-Glaube bringt uns in eine Welt, in der sich Götter und Sterbliche mischen, der Glaube an Buddha bringt die Erlösung. Ein gemischter Glaube aber ist die Religion vieler Japaner. So leben sie ohne Furcht vor dem Tod. Auch ich.«

»Ich persönlich würde mich an die Göttin der Rache wenden«, sagte Pechstein leise. »Wenn es sie denn gibt.«

Der Detektiv starrte ihn nachdenklich an.

»Sie werden eine Göttin nötig haben«, sagte er dann. »Aber solch eine Göttin kommt, ohne dass Sie sie rufen müssen. Sie ist einfach plötzlich da und begleitet Sie.«

Wohl dem, der solche Worte glauben kann, dachte Pechstein, *aber im Leben zählt nur die eigene Kraft.*

21.

Nach ihrer Rückkehr, wieder allein in Tokyo, war er gefasst, denn das Wissen um Ronjas Tod hatte ihn schlagartig verändert, der Schmerz war einem grenzenlosen Hass gewichen und eine kalte Ruhe erfüllte ihn, nun, da er jeden Gedanken für den Tod der Männer benötigte. Trauer und Schmerz konnten ihn lähmen, das war ihm bewusst, und so würde er andere Gedanken verdrängen, wann immer sie in ihm aufsteigen wollten, würde sie ignorieren. Sein Hass war zu einer Seelenmassage geworden. Nun galt es, sich abzulenken und so auf die Namen zu warten und auf die Waffen.

Ronja besuchte ihn wieder und wieder in seinen Träumen.

Nun liebte er sie – sein totes Kind. Und er konnte ihr seine Liebe nicht mehr zeigen. Aber er konnte ihren Tod rächen, doch würde er seine ganze Kraft benötigen, die er noch besaß. Und er musste sie erhalten.

Obwohl er keinen Hunger verspürte, musste er essen! Er musste sich zwingen, das wusste er.

Er lief durch die Einkaufsstraßen Shinjukus, deren hohe, schmale Häuser übersät waren mit Tafeln voller Schriftzeichen, leuchtend und grell wie ein Gewitter aus Neon. Als er abbog von einer großen Straße, sah er die rote Laterne einer japanischen Kneipe am Eingang. Es war eine kleine Kneipe, eine Robatayaki, mit einer ausladenden, ovalen Theke, hinter der gebrutzelt und geschnetzelt wurde. Er nahm an der Theke Platz und bestellte ein Matsusaka-Beef, ein Steak, das er schon kannte und das vorzüglich schmeckte – vielleicht lag es daran, weil man die Rinder mit Bier mästete und ihr Fleisch durch Massagen zart hielt. Das Gericht war wohl auch deshalb so teuer, aber was war nicht teuer in dieser Stadt.

Sein Nachbar, ein vierschrötiger Japaner, der sich freundlich verneigte, aß einen Unagi, einen Aal, der mit einer süßlichen, suppenartigen Soße überzogen war, deren Duft ihm in die Nase stieg.

Pechsteins Gericht wurde auf einer riesigen hölzernen Kelle serviert und er trank ein Sapporo-Bier. Die Appetitlosigkeit wollte nicht weichen. Er hörte seinen Nachbarn genussvoll schlürfen. Dann setzte er die Sonnenbrille ab und sein Blick streifte die Gesichter.

Da sah er sie …

Ihr Anblick verschlug ihm einen Augenblick lang den Atem, weil sie so unfassbar schön war. Sie hatte sich plötzlich neben ihn gesetzt, eine junge Japanerin, sicher nicht älter als fünfundzwanzig, die einen dunklen Minirock trug und eine weiße Bluse und deren rabenschwarzes Haar, in

Stufen geschnitten, bis über ihre Schultern fiel, während die Spitzen ihres Stirnponys die Augen erreichten.

Sie verneigte sich leicht, als sie seine bewundernden Blicke sah.

»Welche Nationalität?«, wollte sie auf Englisch wissen.

Überrascht war er über die zügige Kontaktaufnahme und verbeugte sich gleichfalls, nur etwas tiefer. Ihre Schönheit wirkte einschüchternd auf ihn. Oder war es ihr selbstbewusster Blick? Sie musterte ihn mit ihren schwarzbraunen Augen, in denen er in jedem ein goldenes Pünktchen wahrnahm.

»Aus Deutschland«, verriet er ihr.

Sie lächelte wissend. »Ich liebe deutsche klassische Musik. Ich liebe sie sehr. Ich habe viele CDs.«

Ihr Englisch war nahezu makellos.

»Auch Beethovens neunte Symphonie?«, wollte er wissen.

»Natürlich besitze ich sie«, erwiderte sie stolz. »Aber ich habe auch Brahms, Mozart, Schubert, Bach.«

»Wie wäre es mit einem Whisky?«, unterbrach er sie. Sie nickte, und er bemerkte ihre schwarzen Augenbrauen unter dem Stirnpony.

Sie duftet frisch und verwirrend, stellte er fest, als er sich zu ihr beugte, um sie besser verstehen zu können. Ihre schräg geschnittenen Augen ruhten aufmerksam auf ihm, als sie sich weiter unterhielten und sie ihn über Deutschland befragte, ein Land, das sie interessieren würde, wie sie versicherte, sehr sogar, die Musik wäre nur ein Teil ihres Interesses.

»Haben Sie schon Ihren ganz persönlichen Kulturschock hier in Tokyo ein wenig verarbeitet?«, wollte sie plötzlich wissen und begleitete ihre Frage mit einem ironischen Lächeln. »Bei uns in Japan kann man ja als Fremder mit seinen alten Normen und Werten nichts mehr anfangen, viele Ausländer sind darüber heftig erschrocken. Sie müssen sich anpassen, ob sie es wollen oder nicht, denn uns Japaner kann man nicht verändern. Wir aber verändern die Fremden. Sie fangen wieder bei null an. Und viele Japaner denken, sie stammten von den Göttern ab und sie müssten alles, was anders ist, auf Abstand halten. Es gibt eben nur zwei Arten von Menschen, Japaner und Ausländer. Sie werden es schon auf dem Flughafen bemerkt haben, wo man die Menschen in diese beiden Kategorien aufteilt.«

Nun strahlte sie ihn an, und es sah nicht so aus, als ob sie ihn auf Abstand halten wollte, es schien ihm sogar, als ob sie ihn ermunterte, sich ihr zu nähern, doch war er sich nicht sicher, ob seine Vermutung stimmte.

Er bestellte erneut zwei Gläser Whisky, und sie trank, wie er selbst, auch das zweite Glas, das dritte, das vierte.

Sie verträgt sehr viel, dachte er anerkennend, als seine Hand, sehr vorsichtig und bereit zum sofortigen Rückzug, zärtlich über ihre rechte Hand glitt, doch sie duldete die Zärtlichkeit.

»Ich heiße Nanako«, ließ sie ihn wissen. »Und du?« »Ich heiße Kai«, erwiderte er, »Kai Pechstein«.

O Gott, ist sie schön, dachte er dabei, aber vielleicht waren die Japanerinnen überhaupt die schönsten Frauen der Welt. Hatte er nicht insgeheim immer von einer Japanerin geträumt, wenn er ehrlich zu sich selbst war, nur blieb sie bisher unerreichbar, ein Wunschtraum.

So plauderten sie weiter, auch beim Bummel durch neongrelle Geschäftsstraßen im rätselhaften Reich der Leuchtzeichen, die von oben nach unten zu schweben schienen, von rechts nach links, von links nach rechts, in einer Unzahl von Farbkombinationen. Kein Land der Welt setzte wohl so verschwenderisch seine Zeichen ein. Doch kamen sie auch in Gassen, die nur das spärliche Licht der Straßenlaternen erleuchtete.

Immer wieder fanden sich ihre Hände, doch gab er ihre Hand rasch wieder frei, weil er nicht wusste, ob ihr dieser Kontakt auf der Straße recht war, der nicht der Mentalität der Japaner entsprach. Sein ganzer Körper aber war wie elektrisiert.

»Ich würde gerne mal ein japanisches, ganz privates Apartment kennen lernen«, begann er behutsam und hielt die Finger ihrer linken Hand ein wenig länger als vorher, presste sie leicht. Sie schien nicht überrascht von seiner Frage, doch es konnte auch an der Wirkung des Whiskys liegen.

»Das wäre dann ein Tatami-Zimmer«, warnte sie, »und du liegst auf einem Futon.«

»Das macht nichts«, lächelte er. »Ich kann sehr wohl auf einem Futon schlafen. Ich habe es schon oft getan.«

»Männer können mich nur schwer gewinnen«, verriet sie ihm. »Dich habe ich ausgewählt. Und ich zeige es dir offen.«

Er war beinahe erschrocken über ihre Direktheit, sie passte nicht in sein Bild der japanischen Frauen, die er für unterwürfig gehalten hatte, doch waren sie es längst nicht mehr.

Ihre Augen ruhten auf ihm, nun beinahe ernst. Sie sind groß und dunkel und einmalig, dachte er, aber so unschuldig, wie sie scheinen, ist ihre Besitzerin nicht, sie weiß genau, was sie will, und selbst unter der Wirkung eines starken Getränkes behält sie die Kontrolle über sich.

Sie hielt ihre Lippen leicht geöffnet, so dass er ihre Zähne sehen konnte, die makellos wirkten und sehr weiß. Die Nähe dieser jungen Frau löschte jeden anderen Gedanken in seinem Hirn, der nicht ihr galt, es schien ihm, als ob sie ihn verzaubert hätte und er nun lebte wie in einer parallelen Welt.

Später, im Taxi, griff er erneut vorsichtig nach ihrer Hand, die sie ihm nicht entzog, ja seinen Druck sogar erwiderte.

Eine lange nicht mehr gespürte Sehnsucht nach Zärtlichkeit erfüllte ihn, die er geben, aber auch empfangen wollte.

Sie lächelte ihn an.

Ich möchte sie küssen, dachte er, doch wagte er es noch nicht.

22.

Sie wohnte in einem lang gezogenen Betonkoloss mit unendlich vielen Wohnungen, und doch begegneten sie auf dem Gang zu ihrem Apartment keinem Menschen.

Sie führte ihn in ihr Ein-Zimmer-Apartment, in dem er links vom Eingang eine Spüle sah und dahinter die Toilette. Die Küche war gewiss nicht mehr als fünf Quadratmeter groß und neben ihr lag ein wohl nur knapp zehn Quadratmeter großes Tatami-Zimmer.

Er streifte die Schuhe ab und betrat die Matten des Zimmers. An der Schiebetür des Schrankes prangte eine hängende Schriftrolle, weiß und mit großen schwarzen Schriftzeichen bedeckt, die offenbar mit einem Pinsel und von ihr selbst gemalt waren. Er blieb davor stehen.

Sie stand nun dicht neben ihm, Schulter an Schulter.

»Ich schreibe dir den Text auf«, sagte sie, »man muss ihn lesen, so wirkt er besser.«

Sie huschte durch den Raum, er vernahm ein Rascheln und sah, wie sie ein Blatt Papier auf den Tisch legte und rasch mit englischen Worten beschrieb, um dann das Blatt neben die Schriftrolle zu halten, so dass er den Text lesen und gleichzeitig einen Blick auf das Original werfen konnte:

Abendkirschblüten:
Ich stecke den Tuschestein zurück
in meinen Kimono,
ein letztes Mal.

Todesgedicht des Dichters KAISHO, 1914

»Es ist schön«, sagte er leise. »Aber auch bedrückend.« Und es schien ihm, als hätte er mit diesem Text eine Drohung erhalten, die ihn daran erinnern sollte, wie knapp seine Zeit noch bemessen war. Als sie drei Kerzen anzündete und die Lampe löschte, bemerkte er den kleinen Druck, der ein weißes Pferd zeigte in einem blauen Wald, und er erschrak beinahe über diesen Zufall. ›Sein‹ Bild hing in diesem Zimmer!

Er vernahm raschelnde Geräusche hinter seinem Rücken, und als er sich umwandte, stand sie nackt vor ihm, mit kleinen, festen Brüsten und einem tiefschwarzen Vlies in ihrem Schoß. Es war der wohl schönste Anblick, den ihm das Schicksal je geschenkt hatte, jedenfalls erschien es ihm so in diesem Augenblick.

»Zufrieden?«, fragte sie ein wenig spöttisch, ehe sie den Futon aus dem Schrank holte, um ihn auf den Matten auszubreiten, wobei ihr kleiner Po ihn wohl bewusst zu locken schien.

Eine nie zuvor in seinem Leben gespürte Lust, Zärtlichkeiten zu schenken, erfüllte ihn, und seine Lippen glitten über ihren Körper, als sie auf dem Bauch lag, vom Nacken herab, bis zu den Zehen, die Kuppen seiner Finger spielten mit ihrer Haut, die mattbraun wirkte und sich anfühlte wie Samt. Er spürte, wie sie all diese Berührungen genoss, und sie wandte sich um, lag nun auf dem Rücken, die Augen halbgeschlossen, so dass sie wirkten wie lockende schwarze Schlitze.

Und dann tat er das, was er nie zuvor gewagt hatte bei einer Frau, die er nur so kurz kannte, er durchpflügte mit seiner Zunge den schwarzen Farn in ihrem Schoß, glitt tiefer, bis er ihre Lust spürte und schmeckte, mehr und mehr, und sie sich wand und leise stöhnte, während ihre Hände sein Gesicht enger und enger in ihren Schoß pressten. Dann lag er auf ihr, sah ihr in die Augen, in die er hineinzugleiten schien wie in mandelbraune Teiche, hinein in eine schier endlose Lust, die wilder war, als alles je Erlebte mit einer Frau. Und doch hielt er sich zurück, bis er spürte, dass sie kam, bis die Nägel ihrer Finger scharf über seinen Rücken glitten, um eine feine blutige Spur zu ziehen und seine Lust bis in eine ungeahnte Höhe zu treiben, ehe sein Glied zu explodieren schien.

Sie lagen eng umschlungen, und ihr Körper bebte noch immer und ihr Atem streichelte seine Brust, die sich heftig hob und senkte bis sie sehr langsam zur Ruhe kam.

»Es war sehr schön«, sagte sie leise. »Bei jungen Männern würde ich es nie so empfinden. Sie sind nicht einfühlsam.« Und er fühlte sich auf eine wundervolle Art und Weise gelöst und befreit.

»Ich habe noch nie in solch helle blaue Augen gesehen«, gestand sie. »Deine Augen sind fantastisch. Sie sind einmalig.« Hatte er der Farbe seiner Augen etwa die Zuneigung dieser japanischen Traumfrau zu verdanken?

Und er wollte vergessen, wenn auch nur für die Stunden, da er bei ihr sein durfte, und seine Lippen glitten in ihr Haar. Es duftet gut, dachte er, alles an ihr duftet gut, und er liebte sie noch einmal, nur nicht mehr so heftig wie zuvor, ihm fehlte die Kraft, und doch spürte er, wie sie ihre Erfüllung fand, im gleichen Augenblick seiner gesteuerten, auf sie abgestimmten höchsten Lust, und das beglückte ihn.

Früh, sehr früh und noch ehe Nanako erwachte, vernahm er die rauchigen Klänge einer Shakuhachi-Flöte, und einen Moment lang empfand er die Laute wie ein Todeslied, das ihm von nun an im Gedächtnis bleiben würde, bis das Geschoss eines Yakuza alle Gedanken löschte und alle Empfindungen. Und er dachte an Ronja, spürte eine Wehmut, die ihm die Tränen in die Augen treiben wollte. Warum beschäftigte er sich gedanklich so intensiv mit seinem Kind erst dann, wenn er es nie mehr sehen würde? Seine Lippen bebten leicht und sein Herz schlug rascher. Er sah sie als Kind, als Jugendliche, in einer raschen Folge der Bilder und dann, auf dem Tisch im Wohnzimmer, ihren Abschiedsbrief.

Sehr geehrte Eltern,
Ich hege keinen Groll gegen euch, denn ihr wisst es einfach nicht besser. Ihr versucht mich nach eurem Bild zu formen, doch das funktioniert schon lange nicht mehr. Ihr versucht mich zu kontrollieren, zu überwachen und mir die Verantwortung für mein Leben zu entziehen. Vielleicht mache ich Fehler, aber wenigstens sind es meine und nicht die, über die ihr entscheidet. Es ist mein Leben. Ich brauche erst einmal Abstand. Ohne genaue Informationen zu haben, glaubst du, Vater, dass Haschisch oder Cannabis die Magendarmwände beschädigen. Das ist doch totaler Blödsinn. Da solltest du dich bei Fachleuten informieren, z. B. bei der Drogenberatung und nicht bei deinen Kollegen. Diese Entscheidung ist mir sehr schwergefallen, bitte gönnt mir diesen Abstand. Macht euch keine Sorgen!
Ich melde mich telefonisch!
Tschüss, bis demnächst.

Ein eisiger Schauder durchfuhr ihn. Nanako sprach ein paar Worte im Schlaf, japanische Worte, die er nicht verstand. Später, als sie erwacht war, sie gemeinsam gefrühstückt hatten, gab sie ihm ihre Handynummer, die rein private, wie sie sagte, und eine Skizze der Lage ihrer Wohnung im Omotesando-Viertel, ehe sie beide das kleine Apartment zusammen verließen, weil sie zur Arbeit musste.

»Ruf einfach mal an«, schlug sie vor.

Und erst, als er wieder allein war, im Wirrwarr der Straßen und Gassen, im Gewimmel all der Menschen, stand der Besuch in Osaka wieder deutlich vor ihm, begannen die quälenden Gedanken, vor denen es kein Entrinnen gab ,und das Warten auf den Ruf des Handys, dessen Rufnummer nur ein Mensch nutzen würde, ein japanischer Detektiv, dem er schon jetzt unendlich dankbar war, denn nur durch ihn konnte er den Weg der Rache gehen. Wann gab er ihm die Namen, wann die Waffen?

23.

Hastig lief er durch den Park auf ein Torii zu, das zinnoberrot leuchtete und hinter dem Stufen hinaufführten zu einem Shinto-Schrein, scharlachrot und längst schon umbrandet vom brodelnden Lärm der Stadt, der keine Stille zuließ, selbst hier, an diesem Ort der Götter.

Das ist das Tor, wo wir uns endlich treffen werden, dachte Pechstein, als er es sah, *nun erhalte ich die vier Namen und die vier Adressen, nun wird die unsichtbare Wand eingerissen, die noch zwischen mir und der Rache steht.*

Es war ein gut gewählter Ort, denn wenn es einen Beschatter gab, so würde man ihn hier, in diesem Park, gewiss entdecken.

Er sah den Detektiv herankommen.

Sie verbeugten sich beide, ehe der Detektiv seine Tasche öffnete und vier Blätter entnahm, wovon das erste nur vier Namen enthielt.

»Der erste Name ist der des Bosses«, erklärte der Detektiv. »Der Nachname steht zuerst.«

Pechstein verneigte sich dankend, ehe er die vier Namen leise auszusprechen begann:

»Kanezaki Tomohisa
Akimoto Yasuo
Mahumoto Haruki
Tanaka Fumino«

Zu drei Männern gab es einen Lageplan auf einem gesonderten Blatt, das den Stadtbezirk enthielt, das Viertel, den Unterbezirk, den Häuserblock und die Hausnummer. Der größte Lageplan galt dem Haus Mahumoto Harukis in Shinjuku.

»Hier sind die Fotos der Männer. Die Namen finden Sie auf der Rückseite. Tomohisa ist der Boss«, erklärte der Detektiv. »Sein Apartment ist so gut bewacht, dass Sie ihn dort nie fassen werden, und wenn er es verlässt, begleiten ihn drei Bodyguards, die besten, die man sich denken kann, die wachsamsten und schnellsten Killer. Wir werden herausfinden, wie Sie an einem anderen Ort an ihn herankommen können. Aber dafür brauchen wir Zeit. Ihnen bleiben inzwischen die anderen drei Männer. Akimoto Yasuo geht zwischen neunzehn Uhr dreißig und zwanzig Uhr an jedem Dienstag und an jedem Donnerstag in eine Pachinko. Das Spiel mit den Automaten gehört zu seinem Leben. Sehr spät verlässt er sie dann wieder. Sein Weg führt ihn unter einer Stadtautobahn hindurch, wo Sie ihn, wenn Sie Glück haben, allein erwarten können. Mahumoto Haruki trainiert Kendo, den Schwertkampf, an jedem Mittwoch in Akatsuka-Shinmachi. Gegen dreiundzwanzig Uhr tritt er den Heimweg an, sein Taxi hält dann vor seinem Haus. Manchmal kommt er auch gelaufen. Die Gassen dort sind verwinkelt und Sie können rasch entkommen. Es ist aber sehr wichtig, dass Sie die Gegend genau kennen. Lassen Sie sich Zeit, bereiten Sie sich gut vor. Und denken Sie daran: Schwarzer Gürtel, vierter Dan! Wenn er an Sie herankommt, sind Sie verloren. Tanaka Fumino finden Sie immer donnerstags in einer kleinen Hausboot-Kneipe. Die Skizze sehen Sie unter der Skizze seiner Wohnung. Er verlässt sie nie zur gleichen Zeit, da brauchen Sie Geduld.«

»Das ist fabelhaft«, lobte Pechstein den Detektiv und verneigte sich überrascht und dankbar. Hurtig verbeugte sich auch der Detektiv.

»Wir werden wissen, wenn Sie etwas erreicht haben«, sagte der Detektiv, und er verneigte sich erneut. »In drei Tagen erhalten Sie von mir die Waffen und die Munition, in der Nähe des Hirakawa-Tores, bei den Findlingen um vierzehn Uhr. Sie kennen ja sicher den Park.«

Der Japaner verneigte sich, ehe er sich abwandte und Pechsteins Blick ihm folgte, bis er ihn nicht mehr wahrnehmen konnte. Ein seltsames Geheimnis umgab diesen Mann, das er instinktiv spürte, aber das sich ihm nicht erschloss.

Wolken hatten die Sonne verdeckt, und der Regen begann.

Doch es war nur ein Schauer.

24.

Der Husten hatte über Stunden angehalten, auch die Luft war einmal weggeblieben, und ein Anfall von Schwäche sog ihn förmlich auf den Futon.

Erst als die Dämmerung gekommen war, verließ er das Auto und beobachtete ihn wieder, so wie er es in den Tagen zuvor getan hatte, diesen kahlköpfigen Alten im dunklen Kimono, der unter dem Arm eine lange Papierrolle trug und in der Hand ein Bündel, aus dem er unter einer Brücke einen Klapphocker wickelte, sehr klein, wohl nur geeignet für diesen Mann, eine Taschenlampe, eine Thermosflasche und ein Obento, sein sperrholzverpacktes Brot des Abends.

Mit ruhigen Bewegungen, beinahe andächtig, faltete der Mann eine Laterne aus Papier auseinander, um sie mit ihren vier Füßen aus Holz auf den schmutzigen Asphalt zu stellen. Und dann, als der Alte all die Kerzen in der Laterne anzündete, sah er die Zeichen voller Magie, die mit schwarzer Tusche auf das Reispapier gemalt worden waren.

Nun entrollte der Alte mit bedächtigen Bewegungen eine Papiertafel, die magische Zeichen füllten, auch Hand- und Fußflächen mit Linien und Zahlen, und hängte sie an die Mauer. Dann setzte sich der Alte auf seinen Hocker, hielt eine Taschenlampe in seiner rechten Hand und begann zu warten, er, ein Wahrsager, von denen es viele geben sollte in dieser Stadt, Scharlatane oder begnadete Seher – wer konnte das wissen?

Langsam stieg er zu dem Alten hinab, verbeugte sich tief.

»Sprechen Sie Englisch?«, fragte Pechstein vorsichtig.

Der Alte nickte zu seiner großen Überraschung, und Pechstein setzte sich im Schneidersitz dem Mann gegenüber, bot dem Seher seine Handflächen dar.

Der Alte blickte ihm lange in die Augen, sehr lange, ehe er den Strahl seiner Taschenlampe auf die rechte Handfläche fallen ließ und dann auf die weiße Tafel mit all den magischen Zeichen und Linien. Dann saß er reglos, mit geschlossenen Augen, minutenlang, ehe er Englisch sprach, sehr langsam und gebrochen und sehr bedächtig, als würde er jedes Wort abwägen: »Geh deinen Weg weiter, Fremder, so wie du denkst, dass du ihn gehen musst. Wenn du zweifelst, bedenke: Auch ein Affe fällt mal vom Baum.« Der Alte seufzte, ehe er fortfuhr: »Eine Göttin selbst wird dir die Kraft geben, auch, wenn sie sich dir nicht zu erkennen gibt. Vielleicht aber ist es Izanami selbst, die Göttin des Totenreiches, die heraufsteigt in menschlicher Gestalt. Wer kann das wissen? Ihre Hand schwebt über dir, immer. Das Ende deines Weges aber liegt für mich im Dunkel. Ich vernehme nur eine Stille, die dich umgeben wird, eine unendliche Ruhe, die sich mir nicht erklären will.«

Pechstein zog die Hände zurück, um sie auf seine Knie zu legen. *Er weissagt mir wohl das Gelingen der Rache,* dachte er, *aber auch meinen Tod, er umschreibt ihn nur blumig, er ist absolut ehrlich und ein wirklicher Seher. Was aber will er mir mit dieser Göttin sagen?*

Er zog einige Scheine aus dem Portemonnaie und reichte sie dem Alten, in dessen Augen einen Augenblick lang die Überraschung aufblitzte über die Höhe des Dankes.

»Ich wünsche dir Glück, Fremder«, seufzte er noch, als er sich verneigte.

Pechstein stieg zur Straße hinauf, und erst jetzt schien er den Verkehr wieder bewusst zu vernehmen, der ihm als unablässiges Rauschen entgegendrang.

»Auch ein Affe fällt mal vom Baum«, wiederholte er leise die Worte des Sehers. War dieser Affe der Boss der Yakuza-Familie, dieser Kanezaki Tomohisa? Er zog das Bild des Mannes aus seiner Brusttasche, es war zwar ein Foto, aufgenommen aus einer größeren Entfernung, aber man konnte sein Gesicht gut erkennen nach der Vergrößerung, ein markantes Gesicht, mit braunen, sehr wachsam blickenden Augen, die so wirkten, als hätte er den heimlichen Fotografen in genau diesem Augenblick bemerkt. Sein Haar war dicht, silbergrau und kurz geschnitten, und er trug es nach vorne gekämmt, sicher wirkte er durch den Haarschnitt jünger als er wirklich war. Ein harter Zug lag um seinen Mund, mit dem er sicher so manchen tödlichen Befehl gegeben hatte. Er war das Wild, das er jagen musste, die anderen drei Männer waren nur Werkzeuge, nichts anderes, und doch hatten sie seine Tochter getötet und somit den Tod verdient. Aber Kanezaki Tomohisa würde ahnen, dass er nun selbst das Wild war, nach dem Tod seiner drei Männer, wenn er der Ursache nachspürte und andere Familien der Yakuza außer Acht ließ oder die chinesischen Triaden. Aber dieser Detektiv, so hoffte er, würde eine Lücke entdecken in seinem Sicherheitsnetz, er hatte sich bisher als ungemein clever erwiesen. Vielleicht wollte er Tomohisas Tod mit aller Macht sogar selbst? Pechstein grübelte den Worten des Detektivs nach, die er vernommen hatte. Lag hier der Schlüssel für sein so überaus großes Engagement?

Dann aber dachte er an die Worte über die Göttin, die so seltsam waren und für die es keine reale Erklärung gab, auch wenn er noch so lange nachgrübeln würde über ihren Sinn. Eine Göttin? Eine japanische Göttin sollte ihm helfen, ihm, einem Fremden? Was für ein Unsinn! Aber die Japaner lebten ja mit den Göttern und Geistern, sie waren überall, und so ließen sich diese Worte des Alten so leicht dahinsagen. Gewiss war es so. Doch spürte er, wie sein Herz heftiger schlug, und es war ihm, als ob sie nicht aus seinem Kopf weichen wollten.

Den Kopf schüttelnd lief er weiter, dem Bahnhof der U-Bahn entgegen, und er dachte sehr intensiv an Nanako, sah den Blick ihrer Augen, mal ernsthaft, mal sanft, und er verspürte eine Sehnsucht, die unbeschreiblich war, denn diese Frau war das Schönste, was ihm das Schicksal je geboten hatte. *Schön wie eine Göttin*, dachte er. *Eine Göttin ...*

Plötzlich dachte er an die Worte des Sehers, an Izanami, die Göttin des Todes, der Nacht und des Untergangs.

An einem Straßenstand bestellte er eine Portion Takoyaki, klein geschnittene Tintenfischarme in Mehlteig, gebacken in einer Form, gekrönt mit einer süßen Soße. Doch erneut aß er ohne Appetit. Aber er aß! Denn seine Kraft, auch wenn es die letzte seines Lebens war, durfte ihn nicht verlassen. Noch nicht ...

25.

Schon beim Erwachen in seinem Wagen auf dem Futon spürte er eine bohrende Unruhe, nun, da er in wenigen Stunden die Waffen erhalten würde, an einem seltsamen Treffpunkt, wie er fand, bei den Findlingen in der Nähe des Hirakawa-Tores. Mit einem wild klopfenden Herzen, wenn er an die Waffen dachte, lief er später diesem Ziel entgegen, bis er beim Hirakawa-Tor zum Obstgarten die Findlinge entdeckte, roh zugehauen und gedrungen, als eine rechteckige Steinestrade, hier, wo in ferner Zeit ein gewaltiger Turm gestanden hatte, als man Tokyo, das wusste er, noch Edo nannte.

Er schaute sich um und stellte fest, dass er allein war, eine sehr ungewohnte Situation in dieser gewaltigen Stadt. Dann aber sah er den Mann herankommen, auf den er so sehnsüchtig wartete, denn sein Erscheinen bedeutete, dass er die Waffen bekam, sicher gute Waffen und die Munition. Der Detektiv trug einen grauen Anzug, einen blauen Binder und in der Hand seine Aktentasche, er wirkte wie einer der vielen Angestellten, die am Morgen in die Stadt kamen und dann die Straßen füllten, ehe sie in ihren Großraumbüros verschwanden. Der Detektiv verneigte sich, setzte sich und lehnte sich mit dem Rücken an einen Stein. Pechstein nahm rasch neben ihm Platz, so dass sie nun Schulter an Schulter saßen, ehe die rechte Hand des Detektivs in die Aktentasche griff, um die erste, in ein weißes Tuch eingehüllte Pistole zu entnehmen.

»Eine Smith & Wesson, Kaliber 9 mm mit einer Magazinkapazität von zwölf Patronen«, sagte er, als er das Tuch aufschlug. Pechstein griff nach der Waffe. Es war eine Pistole, die gut in der Hand lag, sie war leichter als viele andere Modelle von Smith & Wesson mit ihrem Rahmen aus Aluminium, denn nur Schlitten und Verschluss waren aus rostfreiem Stahl.

»Für die Waffe gebe ich Ihnen ein Schulterholster«, sagte der Detektiv dann und griff nach der zweiten Pistole, die auf die gleiche Weise verpackt war.

»Es ist eine russische PSS aus den Zeiten des Kalten Krieges. Aber lächeln Sie nicht über ihr Alter, die Waffe ist einmalig. Im Unterschied zu anderen Waffen kommt sie ohne Schalldämpfer aus! Das liegt an ihrer Spezialpatrone. Eine leise Waffe, die so kurz gebaut ist, werden Sie noch nie gesehen haben! Sie ist einfach ideal zum verdeckten Tragen, die Durchschlagkraft ihres Projektils ist erstaunlich hoch und den Schuss selbst hört man kaum. Man denkt, es rutsche Schnee von einem Bambusblatt. Sie können einen Mann mit einem Genickschuss in der Menge töten und entkommen, ehe die Menschen um Sie herum den Vorgang richtig begriffen haben.«

Er übertreibt ein wenig, dachte Pechstein und nahm zwei Päckchen mit der Munition in Empfang.

»Danke, Danke«, stammelte er aufgeregt und warf einen kurzen Blick auf die Waffen, während die Augen des Detektivs aufmerksam die Gegend durchforschten. Die PSS erfreute Pechstein besonders, und so glitt seine Hand beinahe zärtlich über die Waffe. Die Vergeltung war nun so nah und Ronjas Tod würde er nun rächen können, ehe der Tod selbst nach ihm griff.

»Schießen Sie die Waffen auf einem Schrottplatz ein«, schlug der Detektiv vor, »nachts, wenn dort nicht mehr gearbeitet wird. Ich habe Ihnen eine Skizze gemacht, damit Sie diesen Schrottplatz finden können, er liegt in einem Gewerbegebiet am Shingashi-Fluss, im Norden von Itabashi-ku.«

Aus seiner Jackentasche zog er ein sehr klein zusammengefaltetes Blatt Papier hervor, das Pechstein dann mit einer Verbeugung, die der Detektiv sofort erwiderte, in Empfang nahm.

»Ich wünsche Ihnen mit diesen Waffen Glück«, ließ sich der Detektiv vernehmen, wobei er sich erneut leicht verbeugte. »Die Tasche überlasse ich Ihnen auch. Ein Hüftholster für die PSS ist dabei.«

»Ich danke Ihnen«, entfuhr es Pechstein und auch er verneigte sich wieder.

»Sollte die Polizei Sie mit den Waffen fassen«, sagte der Detektiv plötzlich, »so geben Sie an, Sie hätten sie von den Chinesen gekauft. Erwähnen Sie mich nie! Mich hat es nie gegeben! Sie haben keinen Namen, keine Adresse. Beschreiben Sie einen Chinesen, von dem Sie alles bekommen haben, die Waffen, die Namen, alles. Aber versuchen Sie, einer Verhaftung zu entgehen, mit allen Mitteln. Die Polizei bei uns arbeitet anders als bei Ihnen, sie kann Sie täglich zwölf Stunden lang verhören, sie kann Ihnen verbieten, dabei zu sitzen oder sich anzulehnen. Unsere Polizei kann gnadenlos sein.«

Der Detektiv erhob sich, verneigte sich mit ausdrucksloser Miene und schritt dann rasch auf dem Weg davon.

Schweigend und auf seiner Unterlippe kauend blickte Pechstein ihm nach, und er dachte unvermittelt an die rauchigen Klänge der Shakuhachi-Flöte, die er bei Nanako vernommen hatte. Der Husten begann wieder, er ließ sich nicht unterdrücken.

Diese verfluchte Lunge, dachte er, sie muss noch durchhalten, nur drei Monate noch, denn mehr Zeit werde ich nicht benötigen, um die vier Männer zu töten …

Vierter Teil

26.

Nun, im August, herrschte eine drückende, dampfende Schwüle, der Sommer quälte mit einunddreißig Grad Celsius den Moloch Tokyo und seine Bewohner. Eine im Dunst verschwindende Sonne blickte auf die Stadt herab, auf Millionen von Menschen auf engstem Raum, hetzend, schwitzend, mit verklebten Achselhöhlen. Selbst nachts kannte die dampfende Hitze keine Gnade. Es war die Zeit der Sommergrippen, wenn die Klimaanlagen die Temperatur bis auf zwanzig Grad und weniger senkten, in den U-Bahnen, den Autos, den Filialen der Banken.

Eine unglaubliche Eiseskälte herrschte in den Konsumtempeln, und wenn die Menschen sie verließen, wartete eine brütende Hitze auf sie. Pechstein sehnte sich nach der Regenzeit zurück.

Abends schien Tokyo zu einer Sauna zu werden, denn die Hitze staute sich in den Gassen, sie war unerträglich, und manchmal schien es ihm, als ob die Luft der Stadt verfaulen wollte, wenn die Klimaanlagen die heiße Luft auf die Straßen bliesen.

Und weiter quälte ihn der Husten, es war ihm, als ob er täglich etwas zunahm, verbunden mit der Schwäche, die ihn förmlich zwang, oft und viel im Auto zu schlafen oder in einem Love Hotel, wo er sich duschen konnte, wieder und wieder.

Und er hoffte dabei, die Schwäche würde von seinem Körper abfließen wie das Wasser.

Aber sie wich nicht.

Sie war allgegenwärtig.

Sie war ein Bote des Todes.

27.

Mit dem Taxi hatte er sich hinausbringen lassen in den Norden von Itabashi-ku, dort, wo er den Schrottplatz finden würde, wie ihm die Skizze des Detektivs verriet.

Als die Rücklichter des Taxis im Dunkel erloschen, stand er völlig allein, schritt dann auf einer Straße weiter, vorbei an Fabrikhallen und Lagern und Gebäuden, auf die das weiße Licht des Mondes fiel, um endlich über einen Maschendrahtzaun zu klettern, der den Schrottplatz, den er schon nach wenigen Minuten entdeckte, umgab. Er schlenderte durch die Gassen der übereinander gestapelten Autos, bis er das schwarze Wasser des Shingashi-Flusses sah und einige Signallampen am hohen Schlot der Verbrennungsanlage für Müll in Itabashi. Mitten in einem Industriegebiet befand er sich, das düster und bedrohlich wirkte, und es war nachts um ein Uhr dreißig, weit und breit war er der einzige Mensch. Es gab wohl keinen besseren Ort für einen Mann, der illegal in Tokyo lebte und zwei Pistolen erproben wollte, auf deren Besitz eine hohe Strafe stand in diesem Land. Er entdeckte einen Pfad an der Uferböschung, auf dem er rasch und problemlos würde entkommen können, wenn die Schüsse gefallen waren. Eine Ratte schoss aus dem Pflanzendickicht der Böschung und hetzte davon, noch nie hatte sie wohl um diese Zeit einen Zweibeiner gesehen. Das Wasser des Shingashi plätscherte sacht.

Die Schrottautos waren oft vierfach übereinander gestapelt und schufen bizarre Gassen, durch die Pechstein schritt, wobei er Acht gab, dass kein Wachhund ihn ansprang. Doch konnte er zu seinem Glück keinen entdecken, nirgendwo auf dem Gelände, umgeben von einer unheimlichen, bedrohlichen Stille und dem kalten Geruch von verschüttetem Benzin.

Dann fand er einen Platz, wo er würde schießen können. Wieder wurde ihm bewusst, dass sein Husten mehr und mehr zunahm, er aber einfach nicht mehr auf ihn achtete. Wohl aber konnten ihn dessen Geräusche verraten. Er entdeckte zwei kleinere Benzinkanister, die er auf ein kleines Metallgerüst stellte, so dass er denken konnte, sie wären der Brustbereich von Männern. Dann entnahm er der Tasche die Smith & Wesson, füllte das Magazin mit zwölf Patronen, schob es in die Waffe und lud die PSS. Er scheute den Lärm, den er verursachen würde, doch er musste die Waffen kennen, denn er würde auf Gangster treffen, die sicher bewaffnet waren wie er und die er mit dem ersten Schuss auslöschen musste. Bei der Polizei war er einmal der beste Schütze gewesen und im Schützenverein war er es immer noch, er musste nur auf den Husten achten, der ihn nicht so sicher schießen ließ. Dann zog er das Schulterholster aus der Tasche, legte es an und schob die Smith & Wesson hinein, ehe er das Hüftholster an der rechten Hüfte trug, mit der geladenen PSS. Es war ein herrliches Gefühl, die Waffen in den Holstern am Körper zu spüren. Eine große innere Ruhe begann ihn zu erfüllen, es war die Ruhe, die er immer auf dem Schießplatz verspürte oder in den Schießhallen, wo seine Hand nie zitterte bei einem Schuss.

Dann entfernte er sich zwanzig Schritte von den Kanistern, stellte sich mit dem Rücken zu ihnen auf und wirbelte plötzlich herum, wobei er die Smith & Wesson zog, sie in der Drehbewegung durchlud und entsicherte. Dann schoss er auf den rechten Kanister, visierte vorher den Ort an, wo bei einem Mann das Herz schlagen würde und war überrascht, dass schon vom dritten Schuss an die Kugeln im Blechkanister einschlugen und genau dort, wo sie es tun sollten, wenn er auf die Helfer der Mörder schoss. An die Mörder selbst würde er dicht herantreten, damit sie seine Augen sahen, sie sollten wissen, wer er war, bevor sie starben, und die Kugel würde sie zwischen die Augen treffen.

Dann zog er die PSS aus dem Hüftholster, feuerte und traf den rechten Benzinkanister schon mit dem ersten, so geräuscharmen Schuss. Die Waffe war ein Traum, sie war wohl die beste, die er je in den Händen gehalten hatte.

Rasch sammelte er die Patronenhülsen auf, schob sie in die Hosentasche und verbarg die Kanister in einem Berg von Schrott, ehe er die Holster mit den Waffen in die Aktentasche schob, damit er sie, wenn eine Polizeikontrolle erfolgte, nicht am Körper trug.

Er lief am Ufer entlang, so rasch er konnte, kletterte über einen Zaun, lief an Lagerhallen vorbei, weiter und weiter. Wenn die Polizei, durch die Schüsse alarmiert, auf dem Schrottplatz eintraf, würde er für sie längst unerreichbar sein.

Nichts würden sie finden.

Es war, als hätte ein Geist geschossen.

Ein Geist der Nacht.

28.

Heute würde Akimoto Yasuo sterben!

Die Skizze des Detektivs mit all den namenlosen Gassen und dem Kreuz, wo sich das Haus Yasuos befand, überreichte er einem Taxifahrer, der das Wirrwarr lange und nachdenklich betrachtete, dann aber doch zustimmend nickte, da er die Fahrt mit einem Touristen, im Gegensatz zu vielen seiner Kollegen, offenbar nicht scheute.

Sie fuhren anfangs auf einer der Stadtautobahnen, die flankiert wurde von den Steilwänden der Bürotürme, so dass es schien, als führen sie durch eine endlose gläserne Schlucht, um später vom Expressway abzubiegen und hineinzujagen in das Labyrinth aus Gassen und Häusern, bis das Taxi hielt und die mit einem weißen Handschuh bekleidete Hand des Fahrers auf ein Gebäude wies auf der linken Seite der Straße.

Pechstein zahlte und stieg erleichtert aus, er erblickte ein Mietshaus, das den Eindruck erweckte, als wäre es noch nicht sehr alt, ein vierstöckiges, lang gezogenes ockerfarbenes Gebäude, in dem es auf jeder Etage acht Wohnungen gab. Hier also, in diesem Haus, lebte er, Akimoto Yasuo, einer der Mörder seiner Tochter.

Mit einem Blick auf die Uhr stellte er fest, dass es neunzehn Uhr zwanzig war. In einer Entfernung von etwa zweihundert Metern, an einem Ort, wo er eine gute Sicht auf den Eingang des Hauses hatte, wartete er auf den Yakuza. Die kalte Ruhe eines Jägers auf seinem Hochstand erfüllte ihn, nun, da er seinem Opfer schon nahe war, und wohltuend spürte er die PSS an seiner Hüfte, deren leiser Schuss im Verkehrslärm nicht auffallen würde. Nun, da er reglos verharrte, wurde ihm bewusst, dass er beinahe ständig hustete, dieser Husten war ein Teil seines Lebens geworden.

Er sah verschiedene Menschen das Haus betreten oder auch wieder verlassen, aber Yasuo, den er vom Foto her gut kannte, glaubte er nicht darunter gesehen zu haben, und er würde sich wohl damit abfinden müssen, ihn beim ersten Anlauf nicht töten zu können. Er schob sich eine Zigarette zwischen die Lippen, brannte sie an und rauchte mit tiefen Zügen, sog das Gift in die Lungen ein, das ihm nun nicht mehr schaden konnte, weil es ihn schon vernichtet hatte.

Ein roter Mazda hielt vor dem Haus, dem eine Japanerin entstieg, die dem Fahrer mit einer fächelnden Bewegung ihrer Hand zuwinkte, ehe er wieder davonfuhr.

Plötzlich wurden seine Lippen so schmal wie seine Augen, denn ein massig gebauter Japaner mittleren Alters und mit geschorenem Schädel verließ das Haus, dessen Nase klein und platt wirkte.

Er war es!

Akimoto Yasuo!

Dieser Mann also war einer der Mörder seiner Tochter, er hatte die Tote in ein Fass gesteckt, es mit Beton gefüllt, war mit ihr hinausgefahren zur Tokyo-Bucht, um es in die Tiefe hinabgleiten zu lassen, hinab in den Schlamm. Dieser Mann hatte sein Leben verwirkt, dieser Mann würde vielleicht noch zwei oder drei Stunden zu leben haben, es hing davon ab, wie lange er in der Pachinko spielen würde, sein letztes Spiel vor dem Tod.

Der Hass wallte in Pechsteins Körper auf, ein brennender, tötender Hass.

In großem Abstand, aber so, dass er ihn nicht verlieren konnte, folgte er Yasuo, durch Häuserschluchten, durch kleinere Gassen, unter dem dunklen Rücken einer Hochstraße hindurch, von der ein rauschender, ständiger Lärm herabdrang. An diesem Ort, dachte er, werde ich ihn auf dem Rückweg töten, dann, wenn es dunkel ist, hier wird der leise Schuss nicht zu hören sein, und ich kann rasch in den Schutz des Irrgartens der Gassen tauchen.

Das Viertel, durch das er nun lief, war anders als die überfüllten Hauptstraßen, er sah Kinder, die mit Wunderkerzen spielten, er sah kleine Jungen mit Insektenkäfigen, und ein ohrenbetäubendes Zirpen drang an seine Ohren. Er überholte Menschen mit Plastikschlappen, die ein Handtuch und eine Seifendose trugen, auf dem Weg zum Gemeinschaftsbad, er vernahm Babygeschrei, Koch- und Badegeräusche und schnupperte den Geruch von grüner Seife. Vor den Häusern standen, wie kleine rote Wachposten, Feuerlöscheimer. Die Straßen verliefen häufig in Spiralen, und er musste Acht geben, dass er sein ›Wild‹ nicht verlor.

Und wieder ging er unter den Bögen einer Brücke der Tokyoter Metro hindurch, und er erblickte eine Frau, eine ältere Dame, die in einer winzigen Wohnung unter den Bögen lebte und gerade ihren Futon ausbürstete, genau in dem Augenblick, als ein Zug mit blauen Waggons über sie hinwegraste. Pechstein schüttelte sich. In den Stoßzeiten, dachte er, fährt hier gewiss ein Zug pro Minute. Aber was half es, jeder Quadratmeter in Tokyo wurde genutzt.

Dann folgte eine Gasse voller Kneipen und roter Lampions, die schwarze Zeichen füllten, Spielhallen, eine Bar, und schließlich sah er Yasuo in eine Pachinko treten, eine Spielhalle der besonderen Art, die ein unbeschreiblicher Lärm füllte und in der, dicht an dicht, die Pachinko-Automaten standen, poppig bunt.

Mit wie zu Stein erstarrten Gesichtern saßen Männer und Frauen vor diesen merkwürdigen, aufrecht stehenden Automaten, Schulter an Schulter. Laut fielen die Stahlkugeln im Zickzacklauf durch ein Nägellabyrinth. Den Gewinn verkündete ein Scheppern, und die Wartezeit bis zum Erfolg konnten die Spieler und Spielerinnen, die, wie er wusste, Männer und Frauen aus allen Schichten waren, Angestellte in Anzügen, Studenten, Frauen vom Fließband, sogar Firmenchefs, sich durch Blicke auf den Minifernseher über dem Spielkasten verkürzen. Doch viele starrten wie hypnotisiert auf die fallenden Kugeln, hatten die Welt ringsum vergessen, sie spielten wie in Trance, als ob sie sich in einem Rauschzustand befänden. Keiner der Automaten blieb ohne Spieler, sie gehörten für viele einfach zur japanischen Philosophie des Lebens, denn gewann man, hatte man Glück, verlor man, so würde man vielleicht das nächste Mal gewinnen, ging es doch im Leben zu, als säße man in einem Kahn auf hoher See, man wurde hoch und wieder hinabgeschleudert im Spiel der Wellen.

Ein dumpfer, tiefer Rap dröhnte durch die Halle, als wollte er die spielenden Menschen noch anspornen, die hier ihre Zeit totschlugen oder den gnadenlosen Wettbewerb im Arbeitsalltag vergaßen, und viele waren wohl Stammkunden, denn Yasuo winkte mal dem Einen, mal dem Anderen zu.

Pechstein lief auf der Straße auf und ab, wobei er sich unter die Japaner mischte und seine Anwesenheit so nicht auffiel, er aber doch immer den Eingang der Pachinko im Auge behalten konnte. Er trug die Sonnenbrille, er war geschminkt, und er war nicht größer als die japanischen Männer, keiner würde erkennen, dass er ein Fremder war.

Es verging eine Stunde, eine zweite und die halbe Stunde einer dritten, ehe er Yasuo wieder aus der Pachinko treten sah, nun aber sichtlich erschöpft. Er rieb sich mit der Hand den Nacken und begann den gleichen Weg, den er gekommen war, zurückzugehen. Das ist gut, dachte Pechstein, sehr gut sogar.

Und dann sah er die Hochstraße, unter der sie hinwegliefen, und er war dicht hinter dem Japaner, der sich zweimal umgewandt hatte, aber von ihm offenbar keine Gefahr erwartete. Nun erst setzte er die Sonnenbrille ab, denn Yasuo sollte seine Augen sehen wie ein Signal des Todes, der ihn nun ereilen würde.

Der Lärm, der von der Hochstraße herabdrang, übertönte die Geräusche seiner Schritte. Hinter sich sah er keinen Menschen und auch vor ihm war das einzige lebende Wesen ein Mann, der Akimoto Yasuo hieß und im nächsten Augenblick sterben würde, denn auch die besten Kampfsportkenntnisse konnten ihn nicht retten, selbst wenn er ein Ninja war, da eine Pistole auf ihn wartete, die ein guter Schütze in den Händen hielt, ein Ex-Polizist und ein GSG 9-Mann.

Wie im Rausch zog er die Waffe aus dem Hüftholster und huschte näher und näher an den Japaner heran, es war der Rausch der Rache und des Tötens, die verschmolzen und ein Gefühl der Lust, der Wollust ähnlich, erzeugten, das er so nicht erwartet hatte, denn sein Körper bebte und schien sich in seiner Gesamtheit nach dem Schuss zu sehnen wie nach einem unfassbaren, erlösenden Höhepunkt. Und Yasuo? Als ob die roten Skorpione, die er eintätowiert auf seinem Rücken trug, ihn gewarnt hätten, wandte sich der plötzlich um, und seine Augen weiteten sich entsetzt, als er in die Mündung der bereits erhobenen Waffe sah und dann, vom Licht einer Laterne erhellt, in die Augen ihres Besitzers, in die er schon einmal geblickt zu haben glaubte, bei einer jungen Deutschen, in dieses so helle, so einmalige Blau, das man nicht vergaß. Und jählings, ehe das Geschoss ihn traf zwischen seine Augen, ahnte er, wer dieser Fremde war und dass es keine Gnade für ihn geben würde, nur den Tod, denn das Gesetz der Blutrache war unerbittlich wie die Ehre und galt immer. Und offenbar auch für diesen dreimal verfluchten Gaijin.

29.

Mal schlief Pechstein im Auto auf dem Futon, mal schlief er im Zimmer eines dieser Love Hotels, immer im Wechsel, immer auf der Flucht vor unsichtbaren Feinden, diesen Männern der Yakuza-Familie.
Möglicherweise waren sie ihm dicht auf den Fersen und würden ihn gnadenlos töten, wenn sich für sie eine Chance ergab, mit dem Kurzschwert oder einer Kugel und ihn anschließend verschwinden lassen, als hätte er sich in Luft aufgelöst. Angriffe auf Touristen durfte es nicht geben in dieser Stadt, und die Polizei würde sie gnadenlos jagen, sobald sie den sonst so unauffälligen Männern etwas nachweisen konnte.

Aber die Yakuza musste ihn zuerst finden, in einer Stadt, die größer nicht sein konnte, und gewiss wunderten sie sich, dass sie ihn nicht aufspürten, in keinem Hotel, in keinem Ryokan, in keiner Herberge, dass er unsichtbar blieb, obwohl er ein Fremder war, ein Gaijin, der doch auffallen musste.

Und er achtete genau auf die heimlichen Kameras der Love Hotels im Eingangsbereich, verdeckte sein Gesicht mit seiner Hand oder einem Basecap, wenn er sie betrat, so dass die Polizei oder die Yakuza, wenn sie die Filme auswerten sollten, ihn nicht entdecken konnten, und er wechselte ständig die Kleidung, die Hemden, die Jacken, verteilte die getragenen Stücke an Obdachlose. Mal trug er die Smith & Wesson am Körper, mal die PSS.

Die Mörder aber konnten auch als Ninjas kommen, das wusste er. Aber gegen einen Ninja hatte er im Rahmen der

Ausbildung bei der GSG 9 schon einmal gekämpft, und er hatte gewonnen, er war noch schneller gewesen.

Nun aber war er selbst ein Krieger der Nacht.

30.

Und wieder war Ronja in seinen Träumen, tauchten Episoden aus der Vergangenheit auf, manchmal kurz, manchmal lang. Könnte er doch die Zeit zurückdrehen, so dass er anders handeln könnte, wie ein wirklicher Vater! Und er sah sie mit diesem Punk, den er ihr als Freund verbieten wollte, diesen Burschen mit Irokesenschnitt, der keine Bullen mochte und den er einfach aus der Wohnung geworfen hatte wie ein lästiges Insekt. Ronja hatte nicht mehr mit ihm gesprochen in den Wochen darauf. Schweigend saßen sie zu dritt am Tisch, nur die Geräusche von Messern und Gabeln im Ohr.

Ronja … Würde sie wollen, dass er für sie zum Mörder wurde, zu einem vielfachen Mörder?

»Doch«, sagte er sich selbst.

Aber er wusste, dass er sich selbst belog!

Die Jagd aber ging weiter.

Pechstein starrte nachdenklich auf den auseinandergefalteten Stadtplan. In Koto-ku, in dem der Yakuza Tanaka Fumino wohnte, sah er mehrere Flüsse, den Sumida, den Arakawa, den Oyoko, den Sendai und den Heikyu. Seine Finger glitten auf der Karte unruhig hin und her. Die Flüsse also teilten das gesamte Viertel in Blöcke, die dann wieder verbunden waren durch Brücken, kleinere und große, und die Straßen, das glaubte er zu wissen, waren mit Sicherheit eng und sehr oft Einbahnstraßen. Gewiss würde es nicht so einfach sein, das Hausboot mit der Gaststätte zu finden, in dem der Yakuza einkehrte, so war es also besser, diesen Ort am Tag zu suchen, in aller Ruhe, wobei er allerdings keinen Verdacht erregen durfte bei seinen Beobachtungen. Und wenn sie ihm schon folgten? Wenn er, der Lauernde, von Lauernden getötet wurde, die ihn stoppen wollten? Jeder, der ihm folgte, konnte einer von ihnen sein.

Immer musste er unendlich wachsam sein, so wie in dem Wagen der U-Bahn, in dem er dann saß, neben einem Jungen in einer schwarzen Schuluniform mit gelben Knöpfen, der einen Manga las. Für das Buch interessierte sich offenbar auch der Nachbar – ein vielleicht vierzigjähriger Japaner in einem grauen Anzug, mit dunkelblauem Schlips und einer schwarzen Aktentasche auf dem Schoß – da es um ein Schulmädchen ging, das sich sehr freizügig ihrem Freund gegenüber benahm, den Rock nach oben zog und mit den übernatürlich großen Augen klimperte. Sie trug einen lila Stirnpony. Der Junge versuchte, ihr das kleine Höschen weiter nach unten zu ziehen, was sie aber geschickt, und weiter mit ihren schönen Augen klimpernd, zu verhindern wusste, auch als der Junge bittend vor ihr niederkniete. Auf der nächsten Seite sah man, dass die lila Haarpracht des Mädchens hinabreichte bis zu ihrem Po. Und nun entledigte sie sich doch des Kleides und zeigte sich in aufreizend weißer Unterwäsche. »Aaaaaa …«, stöhnte sie in einer Sprechblase. Wieder sah man ihre gewaltigen Klimperaugen. Nun sagte sie irgendwelche sicher sehr geistreichen Worte auf Japanisch. Aber dieser Mann mit der Aktentasche, der mit ihm eingestiegen war, blickte er etwa aus den Augenwinkeln zu ihm hin? Pechsteins Hand glitt zum Schulterholster. Ein Japaner, der ihm gegenübersaß, schlief fest, jedenfalls schien es so, und doch erhob er sich wie mechanisch, als offenbar das Ziel seiner Fahrt erreicht war. Aber auch der Junge schob seine interessante Lektüre in seine Schultasche, um gleichfalls auszusteigen, was sein Nachbar, der den Fortgang der spannenden Handlung des Mangas nun nicht weiter verfolgen konnte, gewiss nicht gut fand, doch sein Gesicht blieb ausdruckslos. *Sieht er mich an?*, dachte Pechstein, *ist er ein Verfolger?*

Endlich hatte auch er seine Station erreicht und seine Suche nach einem toten Arm des Flusses Heikyu konnte beginnen.

31.

Einmal griff er nach einer Zigarette, ohne zu verharren, so, wie es die Japaner taten, die immer in Eile waren. Dabei konnte er die Gegend sondieren. Wie ein Schiffsparkplatz wirkte der tote Arm des Flusses später auf ihn, in dem er das gesuchte Hausboot entdeckte, zusammen mit anderen Hausbooten, Fischkuttern und Motorbooten. Seine Wimpel, die im Wind flatterten, trugen schwarze Schriftzeichen, und der Duft, der dem Boot entströmte, wies es als schwimmendes Restaurant aus, auf dem es frittierte Fischspezialitäten gab.

Auf dem am toten Arm vorbeiströmenden Heikyu sah er zwei Kutter fahren und später eine große Dschunke, von derem flachen, lang gestreckten Dach kleine rote Laternen baumelten und die, so vermutete er, zu einer Rundfahrt durch die Bucht von Tokyo unterwegs war. Er zuckte zusammen, als er an diese Bucht dachte, das Grab seiner Tochter, das gewaltige Grab.

Enka vernahm er, diese traditionelle Volksmusik, in lang gezogenen Tönen, die sich plötzlich steigern konnte. Er lächelte abfällig. Es sollten rührselige Liebeslieder sein, hatte er gelesen.

In den Hausbooten können Menschen wohnen, dachte Pechstein, *die abends und nachts, wenn Tanaka die schwimmende Kneipe verlässt, an Bord sein werden. Man stirbt nicht lautlos in Tokyo.* Er begann sich den möglichen Fluchtweg anzuschauen, da aber sah er ihn, einen Mann, der gelassen eine Zigarette rauchte, und er fühlte sich instinktiv von ihm beobachtet. Der Fremde stand im Schatten eines kleinen Baumes, dort, wo die andere Straße begann. Aufmerksam suchte er nach einem zweiten Verfolger oder einem dritten, doch sah er niemanden, aber sie konnten auch an einem anderen Ort auf ihn warten.

Plötzlich bemerkte er den Verfolger nicht mehr, und er beruhigte sich wieder, weil er sich getäuscht zu haben glaubte und wohl nur einem harmlosen Passanten misstraut hatte.

Er verließ den toten Flussarm, lief durch Gassen, die von eingeschossigen Häusern flankiert wurden. Einige Gebäude waren von der Straße aus zurückgesetzt, so dass Platz geschaffen war für kleine, kunstvoll angelegte Vorgärten. Er lief über eine kleine Brücke, später über eine zweite und in Gassen hinein, wo die Häuser Viergeschosser waren, und dann, als er sich plötzlich umwandte, sah er wieder den Mann, der, als er nun stehen blieb, mit gespieltem Interesse zu einem Haus hinaufschaute, gleichfalls verharrend. Ein Zufall?

Pechstein rauchte stumm eine Zigarette, ehe er sich langsam wieder in Bewegung setzte. War da nicht noch ein zweiter Mann gewesen, der ein schwarzes T-Shirt trug und eine dünne Windjacke?

Sein Verfolger ließ den Abstand nun anwachsen. Das Blut pochte in Pechsteins Schläfen, er würde, das wusste er, sehr wachsam sein müssen, wenn er dem Yakuza auflauerte, dann, wenn sich Verfolger in der Dunkelheit verbergen konnten. Wenn sie ihn nun selbst erwarteten, am Ufer des toten Flussarmes, im Schutz von Büschen oder an einem anderen Hausboot? Doch konnten sie wissen, was er in diesem toten Flussarm tun wollte? Nein. Aber wenn sie nun doch den einen Zusammenhang gefunden hatten zwischen dem toten Akimoto Yasuo und dem lebenden Tanaka Fumino? Dann konnten sie ihn töten oder ihn in ihre Gewalt bringen, um seine Absichten aus ihm herauszufoltern, doch wollte er das Risiko eingehen. Am Donnerstag also sollte Tanaka Fumino Gast auf dem Hausboot sein, am Donnerstag würde er ihn töten, in zwei Tagen also, nicht eher – aber auch nicht später.

Als er die Treppe zur U-Bahn hinunterlief, tauchte er ein in den Strom der Menschen, der ihn wieder mitzureißen schien wie ein Strudel. Den Mann konnte er nicht mehr entdecken, doch ein ungutes Gefühl erfüllte ihn, wenn er daran dachte, dass sich seine Verfolger nur abgewechselt haben konnten, um ihm so unbemerkt zu folgen, bis hin zu seinem Schlafplatz im Auto.

Ein Japaner in einem hellgrünen Anzug fiel ihm auf, der ein weißes Hemd trug, ohne Krawatte, und eine gegelte Igelfrisur. Er blieb nur zwei Meter hinter ihm, konnte jedoch auch ein harmloser Japaner sein, den er, aus einem übertriebenen Misstrauen heraus, verdächtigte. Nass geschwitzt ließ er sich weiter treiben. *Sie haben mich aufgestöbert*, dachte er, nun galt es, sie abzuschütteln, denn er durfte sie nicht zu seinem Auto führen. Er nahm eine Bahn der Tozai-Linie, fuhr bis zur Station Nihombashi, verließ den Wagen, um in die Ginza-Linie umzusteigen, in deren Waggons er keinen freien Platz mehr fand und sich an einen Haltegriff klammern musste. Der Mann im grünen Anzug hatte gleichfalls einen Haltegriff gepackt. Pechstein presste die Lippen fest aufeinander, denn er würde handeln müssen! Als die Bahn an der Station Shimbashi hielt, verließ er den Waggon erst im letzten Moment, wobei er sich an den einsteigenden Japanern vorbeizwängen musste. Rasch nahm er den einfahrenden Zug in Richtung Yamanote. Wo war der Mann im grünen Anzug? Auch am Bahnhof Shibuya verließ er im letzten Augenblick den Waggon, eilte die Treppe hinauf. Vor dem Bahnhof blieb er keuchend stehen.

Und der Husten begann wieder. Oder war er die ganze Zeit dagewesen und er hatte ihn nur nicht wahrgenommen?

Stand an einem Zeitungskiosk nicht dieser Mann, der ein Verfolger sein könnte? Doch dann sah er ihn nicht mehr, als hätte er sich im gleichen Augenblick, da er ihn bemerkte, in Luft aufgelöst. *Ich werde weiter hin- und herfahren,* dachte er, *bis ich mir völlig sicher bin, dass sie mir nicht mehr folgen, denn ich darf sie nicht zu meinem Auto locken*. Doch auch im Zimmer eines Love Hotels würde er nicht sicher sein. Er spürte, dass ein unsichtbares, drohendes Netz der Yakuza über ihm schwebte und in jedem Augenblick auf ihn herabfallen konnte, so, wie das Netz eines Gladiators.

Am Zeitungskiosk stehend ließ er seine Blicke aufmerksam schweifen, während er die englischsprachigen Zeitungen durchblätterte. Er sah einen hellgrauen Mercedes-Benz mit dunkel getönten Scheiben und breiten Reifen, der am Rand der Straße hielt, und er wusste, dass die Yakuza diese Fahrzeuge bevorzugten. Der Wagen hielt, doch weder der Fahrer noch ein Beifahrer entstiegen dem Fahrzeug. Ein junger Japaner in einem marineblauen Anzug mit einer verspiegelten Sonnenbrille und mit Gel im Haar stand so dicht neben ihm, dass sich beinahe ihre Schultern berührten. Kam jetzt ein Angriff? Zwei weitere Männer mit Sonnenbrillen starrten intensiv auf die Zeitungen, ohne sich zu einem Kauf entschließen zu können. Beobachteten sie ihn aus den Augenwinkeln? Konnten sie ihn blitzschnell zu dem wartenden Mercedes-Benz zerren? Der eine der Männer trug die schwarzen Haare zurückgekämmt, einen grauen Anzug und ein rotes, offenes Hemd. Der andere Mann besaß einen blond gefärbten Wuschelkopf und sein Hemd unter der dünnen Windjacke stand offen und ermöglichte einen Blick auf eine dicke Goldkette.

Pechstein hielt die Muskeln angespannt und wartete ab. Der Blondgefärbte betrachtete die Vorderseite eines Männermagazins, von dem ihn eine leicht bekleidete junge Dame mit pechschwarzen Haaren verführerisch anlächelte. Aber als Pechstein auf die rechte Hand des Mannes sah, kniff er die Augen zusammen, denn an seiner Hand fehlte ein Finger! Es war ein Yakuza! Sie trennten sich einen Finger ab, wenn sie gegen die Regeln ihres Clans verstoßen hatten und gaben ihn ihrem Boss. Ein Zufall? Sein Blick schweifte zum Auto, dem noch immer kein Insasse entstieg.

Der Mann mit dem fehlenden Finger starrte weiter auf das Covergirl, sein Gesicht wirkte reglos dabei, doch auf einmal löste er seine Augen von dem Mädchen und Pechstein glaubte sich gemustert von Augen, die durch dunkle Gläser verborgen wurden. Der Yakuza legte das Heft zurück zu den anderen Heften dieser Ausgabe. Blitzschnell lief Pechstein los, hastete die Treppe hinab, stürzte durch die Tür eines wartenden Zuges, die sich im nächsten Augenblick schloss.

Er war gerettet!

Aber war er das wirklich?

Er würde nun kreuz und quer durch Tokyo fahren, bis er völlig sicher sein konnte, keinen Beschatter in seiner Nähe zu haben.

Du hast zwar schon ihren Dolch oder das Kurzschwert beinah am Hals, dachte er grimmig, *aber sie sollen sich dennoch an dir ihre Zähne ausbeißen.*

Nach einer wirren Irrfahrt, bei der er sich selbst nicht mehr zurechtfand, stieg er endlich am U-Bahnhof Morishita aus, wo er schon einmal den Weg durch Fukagawa begonnen hatte, dem Viertel der Glücksgötterschreine. Hier konnte er sich darauf konzentrieren, mögliche Verfolger zu erkennen. Er ging nach Süden auf das Basho-Museum zu, das am Sumida-Fluss südlich der Brücke stand und bog in die Querstraße nach Osten in Richtung Kiyosumi-dori ab, wo er bald den nächsten Schrein erblickte. In ihm, das wusste er, sollte ein Glücksgott wohnen, den er in diesem Augenblick und den folgenden Tagen wohl bitter nötig haben würde. Doch würde der Gott ihm, dem Fremdling, seinen Schutz gewähren? Immer wieder blieb er nun, wenn er neue Gebäude sah, stehen, um so zu tun, als beobachtete er sie, doch galten seine Blicke nur möglichen Verfolgern. Hatte er sie nun abgeschüttelt oder waren sie nur vorsichtiger geworden? Wieder quälte ihn der Husten, aber er durfte ihm einfach keine Beachtung schenken, er musste weiter versuchen, ihn zu ignorieren, so, wie er es immer tat. Oder hatte er doch einen Fehler gemacht? Lauerte irgendwo ein Gewehr mit Zielfernrohr auf ihn?

Südlich des Onagi-gawa-Kanals verharrte er vor dem nächsten Schrein. *Es wimmelt in diesem Viertel vor Glücksgöttern, sieben sollen es sein,* dachte er, *aber mir würde schon die Hilfe eines dieser Herren genügen. Sicher war es gut, wenn man an sie glauben konnte. Aber sollte mir nicht eine Göttin helfen?*

Weiter südlich, noch hinter der Stadtautobahn, lag die U-Bahnstation Monzen Nakacho, wo die Tozai-Linie verkehrte. Noch immer fühlte er sich unbeobachtet, doch konnte er sich nicht sicher sein, ob sie ihn wirklich verloren hatten.

Im Zug schweifte sein Blick durch den Wagen. Er war der einzige Mann! Doch war es möglichen Verfolgern auch zuzutrauen, dass sie in einem der nächsten Wagen lauerten, um abzuwarten, wann er aussteigen würde.

Noch immer konnte er sich nicht entspannen, noch immer erfüllte ihn eine Unruhe oder eine Ahnung, dass sie ihm sehr dicht auf den Fersen waren, selbst wenn sie ihn im Augenblick verloren hatten, denn sie würden die Stadt mit einem Netz aus Informanten überzogen haben.

Noch einmal stieg er später in Yoyogi aus, stand auf dem Bahnsteig und ließ drei Züge vorbeigleiten, doch sosehr er sich auch bemühte, er sah keinen Japaner, der wie er die Züge vorbeifahren ließ. Schließlich fuhr er eine Station weiter zum Bahnhof Shinjuku, den er, so rasch es der Strom der Menschen erlaubte, an der Ostseite verließ. Schließlich, im dichten Gedränge unterirdischer Arkaden, das ihn bis vor den Virgin-Megastore spülte, glaubte er, sie endgültig abgeschüttelt zu haben, und im dichten Gedränge im Kinokuniya fühlte er sich nun völlig sicher. Und mit der Sicherheit kamen auch die Gedanken an Nanako, die er abends anrufen wollte, wobei er sich nicht sicher war, wie sie seinen Anruf aufnehmen würde.

32.

Er tippte Nanakos Handynummer ein, wobei sein Herz heftiger zu schlagen begann.

»Hallo«, hörte er sie sagen.

»Ich bin es.«

»Das ist gut.«

»Ich würde dich gerne wiedersehen.«

»Ich dich auch.«

»Kann ich jetzt kommen?«

»Jetzt gleich?«

»Ja.«

»Du möchtest die Nacht wieder bleiben?«

»Wenn ich darf?«

»Du darfst. Du hast einen guten Eindruck hinterlassen. Ich dachte, du rufst schon eher an.«

»Es ging nicht.«

»Es sollte kein Vorwurf sein.«

»Ich werde jetzt einem Taxifahrer deine Skizze geben.«

»Das ist eine gute Idee. Siehst du schon ein freies Taxi?«

»Noch nicht, aber ich bin wachsam.«

»Ich werde warten.«

»Ich sehe ein Taxi mit einem roten Leuchtschild hinter der Windschutzscheibe.«

»Es ist frei: Winke!«

»Das weiß ich.«

»Nimm es!«

»Ich bin schon am Winken.«

»Hält es?«

»Ja.«

»Perfekt.«

Er sah es sofort, als er auf Strümpfen ihr Tatami-Zimmer betrat, dieses Bild, diesen Farbholzschnitt, den sie neu gekauft haben musste und das den Fuji-san zeigte als roten Berg, auf dessen Spitze schmale Bahnen aus Schnee ruhten. Der überwältigende Eindruck ließ seinen Blick verharren auf der ruhigen Linie der Kontur des Berges, auf seinem Kegel vor einem Himmel, der dunkelblau war und von lang gezogenen, schmalen und weißen Wolken bedeckt wurde, die in die Unendlichkeit zu ziehen schienen.

»Dort oben wohnen die Götter«, hörte er sie leise sagen.

Einen Augenblick lang stutzte er. Dann küsste er die Innenseiten ihrer Ohrläppchen.

Als sie nackt nebeneinander lagen auf dem Futon, brach der Damm der aufgestauten Zärtlichkeit in ihm, und seine

Finger, seine Lippen, seine Zunge berührten jede Stelle ihres Körpers, als wollte er auf diese Weise auch all die Tage abschütteln, die hinter ihm lagen, all die üblen Erinnerungen. Und für seine Augen, die Kuppen seiner Finger und seine Zunge gab es nur noch diese rabenschwarzhaarige, junge Frau, die förmlich zerschmolz unter all der Vielfalt der Zärtlichkeit, die ihr in dieser wohl intensivsten Form noch fremd war.

Wild drückte sie sein Gesicht plötzlich in ihren Schoß, und er war überrascht über die Kräfte, die sie besaß, als sie seinen Kopf mit ihren Oberschenkeln umschlang. Beinahe hätte er sich nicht lösen können, um ein wenig später seine Lippen auf ihre zu pressen, doch siegte er, wenn auch nur keuchend, in einem kichernden Ringen. *Sie ist durchtrainiert wie eine Leistungssportlerin*, schoss es ihm einen Augenblick lang durch den Kopf und er war sich sicher, dass sie einen Kampfsport trainierte und dies sehr häufig. Ihre Augen waren nun wieder zwei große, schräg geschnittene Teiche, in denen er sich zu verlieren schien. Er lag auf ihr und war bemüht, die Last seines Körpers abzustützen mit den Knien und den Ellenbogen, doch sie zog ihn an sich, als wollte sie jede Faser seines Körpers spüren. Sie wirkte so schwach, aber sie war stark, sehr stark.

Als er tief in sie eindringen wollte, so wie beim ersten Besuch in diesem Raum und auf dem gleichen Futon, als er seinen Mund und sein Gesicht in ihr Haar grub, als seine Hände ihren Po umschlossen, da sah er es, das angstverzerrte Gesicht Akimoto Yasuos und dann das Blut zwischen seinen Augen, mitten in der Stirn.

Und er versagte.

Schwer atmend lag er neben ihr, sein Puls schien zu rasen, aber Nanako streichelte ihn sanft, und es schien ihm, als ob sie nicht einmal überrascht war.

»Es gibt Situationen im Leben eines Mannes, da kann er

es nicht, da denkt er plötzlich an etwas Schreckliches«, hörte er sie sagen, und ihre Worte klangen so verständnisvoll und beruhigend. Er wagte nun nicht mehr, die Augen zu schließen, weil er dieses Gesicht zu sehen fürchtete, dieses angstverzerrte und dann so blutige Gesicht. Es gehört nur einem Killer, versuchte er sich zu beruhigen, wer weiß, wie viele Menschen er getötet hat, bevor er sich an meiner Ronja vergriff.

»Morgen schläfst du wieder in deinem Hotel?«, wollte Nanako wissen.

Er nickte, aber wachsam und zu jeder Lüge bereit.

Doch sie fragte nicht weiter.

»Geht es dir wieder besser?«, wollte sie wissen.

»Ja, ja«, brummte er, noch immer erfüllt von der Angst vor diesem Gesicht, das wohl immer kommen würde, wenn er die Augen schloss, als ob dieser tote Japaner ihn verfolgen würde, dessen Leichnam vielleicht schon auf dem Friedhof Aoyama ruht. Er konnte nur hoffen, dass er nicht auch die Gesichter der anderen Toten sehen würde.

Dieser Gedanke war beängstigend. Ich bin ein Mörder, dachte er erschrocken, ich, der einmal Mörder gejagt hat, als Mann des Gesetzes.

Er umschloss Nanako wieder mit seinen Armen, und er nahm nur noch sie wahr, dieses einmalige Wesen aus Fleisch und Blut, dessen Finger seinen Körper nun wieder sanft berührten, so dass seine Erregung zu wachsen begann, mehr und mehr. Und wieder glitt er in die Teiche ihrer Augen, die dunkel waren und geheimnisvoll.

Er spürte ihren Biss sanft in seiner Unterlippe, doch verursachte er keinen Schmerz, er erzeugte bei ihm eine Lust, eine sich steigernde Erregung, die sich ihrem höchsten Punkt zu nähern schien, die er aber doch zurückhielt, bis sie empfand wie er. *Wir kommen wieder zur gleichen Zeit,* dachte er noch, ehe sie beide in einem gemeinsamen Rausch versanken, der vielen Paaren in dieser höchsten Form versagt blieb.

Sie frühstückten noch zusammen, dann zeigte sie ihm ihre Bücher. Plötzlich hielt sie ein Buch länger in ihrer Hand. »Praktische Methoden der Rache«, sagte sie. »Gibt es nicht in Englisch. Leider. Hochinteressant. Der Kernsatz des Buches lautet: Rache üben ist besser als Selbstmord zu begehen.«

»Ein guter Satz«, stieß er hervor und aus tiefster Überzeugung. Ihre Augen ruhten auf ihm.

»Ja«, sagte sie. »Ich denke auch so. Wir Japaner haben natürlich auch ein Handbuch des Selbstmords, das leider viele erfolgreiche Anwender findet.«

»Da gefällt mir dein Buch der Rache besser«, stellte er fest.

Sie nickte mit ernstem Gesicht.

»Mir auch«, sagte sie dann. »Yakuza haben meinen Vater getötet. Ich wünschte mir, ich könnte den Weg der Rache gehen, und wenn es dabei nur den trifft, der es befahl.«

Betroffen starrte er sie an. Für viele blieb die Rache ein Wunsch. Sie träumten nur von ihr. Er wollte Nanako streicheln, doch sie wich ihm aus.

Beim Abschied legte sie ihren Kopf an seine Brust, wobei ihr Gesicht auf seinem Herzen lag. *Eine Ewigkeit könnte ich so stehen,* dachte er, *meine Zeit aber ist nur noch sehr begrenzt.*

33.

Er begann Tanaka Fumino zu beschatten, war ihm folgend nach Yanaka hinausgefahren mit der U-Bahn, dorthin, wo noch ein Hauch von Alt-Tokyo verblieben war. Auf der Rückseite des Ueno-Hügels folgte er ihm hinab, durch schmale kleine Straßen und enge Gassen, wo man noch alte Holzhäuser sah, verwitterte Steinlaternen, an denen der Zahn der Zeit schon lange nagte und an Mauern aus den Tagen, als Tokyo noch Edo hieß.

Er folgte ihm auf der Yanaka-Ginza mit den vielen Lädchen, dicht an dicht, mit ihrem Angebot wie vor zweihundert Jahren, mit Sembei-Reiscrackern, Eingelegtem, Gedörrtem, japanischen Süßigkeiten, traditionellem Kunsthandwerk. Dann sah er Tempel an Tempel an der Sansaki-Zaka, nirgendwo in Tokyo hatte er so viele gesehen auf engstem Raum.

Plötzlich aber bemerkte er ihn, diesen Polizisten, der langsam, ihm entgegenkommend, dahinschlenderte, so, als wollte auch er das bunte Angebot der Lädchen sehen, doch bemerkte er die stetige Wachsamkeit in den Augen des Mannes, als einziges Lebenszeichen in dem sonst so ausdruckslos wirkenden Gesicht, in den Augen, die die Gasse in ihrer Gesamtheit zu erfassen schienen, jedes einzelne Gesicht, und ihm wurde sofort bewusst, dass sie auch nach einem Deutschen suchen konnten mit aschblondem Haar und sehr hellen blauen Augen. Froh war er, seine Augen hinter den dunklen Gläsern der Brille verbergen zu können, nur spürte er ein leichtes Zucken seiner Mundwinkel und einen Hauch eisiger Kälte, der durch seinen Körper fuhr, denn wenn der Polizist ihn jetzt ansprach, ihn zwang, sich auszuweisen, war alles umsonst gewesen, würde dieser Fumino entkommen können, würde er selbst verhaftet werden, um später in einer Gefängnisklinik auf elende Weise zu sterben, ohne den vollkommenen Genuss der Rache gespürt zu haben. Es war ihm, als ob sich sein Gesicht leicht rötete.

Nun setzte auch der Polizist seine Sonnenbrille auf. *Wir haben die gleichen dunklen Gläser,* dachte Pechstein, *und wir sehen uns beide an, und ich trage ein Schulterholster mit einer*

Smith & Wesson unter der Jacke, deren Magazin gefüllt ist. Ein leichter Film aus Schweiß bildete sich auf seiner Stirn. *Wer mich aufhält, stirbt,* dachte er, *selbst wenn er ein Polizist ist.*

Aber der Polizist schlenderte weiter.

Je mehr er sich von ihm entfernte, desto ruhiger wurde er.

Aber die Gefahr war nahe gewesen. Doch sein Beute hatte er verloren.

»Heute Nacht stirbt Tanaka Fumino«, sprach er zu sich selbst.

Später saß er auf einer Bank, die in der Nähe eines Spielplatzes stand. Das wilde Geschrei und das Jauchzen der Kinder hallten laut. Auf den Bänken, die den Spielplatz kreisförmig umgaben, saßen die Mütter und sie waren, das fiel ihm in besonderem Maße auf, mit großer Sorgfalt geschminkt und tadellos gekleidet. Sie unterhielten sich, und wenn sie lachten, versteckten sie ihre Münder hinter der vorgehaltenen Hand.

Dann aber, als ihm der Lärm zu laut wurde, erhob er sich und schlenderte langsam davon, und er hörte das Kichern hinter seinem Rücken.

Einmal stand er vor einem Delikatessenladen, der offensichtlich ausschließlich Sissi-Artikel führte: Sissi aus Schokolade, eingewickelt in buntem Silberpapier, als wäre sie ein Osterhase gewesen, Sissi-Torten, Sissi-Eis, Sissi in allen nur erdenkbaren Variationen, nur auf der Toilettenbrille sitzend sah er sie nicht.

Er lief weiter, ohne Ziel. Im Bahnhof Shinjuku sah er die Lokomotive des Romance-Car nach Odawara, in der der Lokomotivführer in einer Kuppel saß. Die kugelförmige Spitze des Zuges bestand ganz aus Glas. Der Zug würde durch die Landschaft jagen, schnell wie ein Pfeil.

An einem Kiosk kaufte er eine Schachtel aus Balsamholz, in der sich Reis und Fisch befand, der kalt und erfrischend schmeckte und eine Dose gekühlten Oolong-Tee. Er ließ die mitgelieferten Stäbchen in das Gericht gleiten, diese Art des Essens war ihm längst vertraut, er aß wie ein Japaner. Dann aber, als er gesättigt war, zog er ein Foto aus der Brusttasche seiner Jacke, das Tanaka Fumino zeigte, der noch heute sterben würde.

Fünfter Teil

34.

Es geschah völlig überraschend für ihn auf der Rückfahrt in der S-Bahn, auf der halben Strecke zwischen Uguisudani und Keisei-ueno im dichtesten Berufsverkehr, in dem er eingekeilt stand zwischen all den Pendlern.

Urplötzlich hielt der Zug und bewegte sich nicht weiter, ohne dass er den Grund für diese seltsame Pause kannte. Nun war er ein Teil der Schicksalsgemeinschaft der Japaner in dem Waggon, die der Stimme einer Lautsprecheranlage lauschten, die er nicht verstand. Ein seltsames Gefühl des Ausgeliefertseins erfüllte ihn. Unterdrückte Flüche vernahm er, doch sah er auch Japaner, die im Stehen schliefen, als ginge sie diese seltsame Situation nichts an.

Was geschah hier?

War es ein Unfall?

Eine Viertelstunde dauerte das Verharren schon, es waren endlose Minuten, in denen er nur darauf warten konnte, was geschehen würde.

Wieder vernahm er eine Lautsprecherdurchsage, die für ihn aber keine Erklärung gab, da sie in japanischer Sprache erfolgte.

Er spürte den Schweiß unter seinen Achselhöhlen und glaubte, auch dessen Geruch wahrzunehmen. Nur die Japaner, so schien es ihm, rochen nicht, als ob sie nicht schwitzen würden oder nur in geringem Maße.

So wartete er weiter in dieser menschlichen Sardinenbüchse. Warum nur war er nicht später gefahren?

Der Mann, dessen Schulter er an seinem Körper spürte, schlief tief und fest, mit einem unbewegten Gesicht, als wäre er ein Toter, der, eingekeilt in der Menge, verstorben war, aber durch sie in einer aufrechten Stellung gehalten wurde. Warum fuhr dieser verdammte Zug nicht weiter?

Noch wusste er nicht, dass es ein Beben der Stärke 4,9 auf der Richterskala gegeben hatte, erst am nächsten Tag las er in der englischsprachigen Mainichi Daily News darüber.

Endlich setzte sich der Zug wieder in Bewegung. Der Mann an seiner Seite schien nichts von diesem unfreiwilligen Aufenthalt gespürt zu haben, er schlief noch immer, und doch musste der ausgerufene Stationsname als Weckruf in sein Unterbewusstsein gedrungen sein, denn er schlug die Augen auf.

Pechstein aber dachte an Tanaka Fumino und an die Waffe, die eng an seinem Körper lag, als er im Strom der Menschen den Waggon verließ, doch er dachte auch an die Worte des Detektivs: »Jeden, den die Yakuza jagt, findet sie auch.«

35.

Er hockte im Dunkel zwischen den Büschen und schaute zum Hausboot, und er wartete auf Tanaka Fumino, der noch immer nicht diese Kneipe auf dem Wasser verließ, von der der Duft von gebratenem Fisch lockend zu ihm herüberwehte. Wann kam Tanaka?

Wieder und wieder versuchte er den Husten zu unterdrücken, doch es gelang ihm nicht. Die meisten Gäste hatten das Hausboot längst verlassen, nur Tanaka blieb noch immer. Pechsteins Hand berührte die schallgedämpfte Waffe im Hüftholster. Ruhig war es in dieser Seitenstraße, in der er keinen Menschen sah, keinen Mann, keine Frau, und Wolken verdeckten den Mond, und es war gut, dass nur zwei einzelne Laternen die kleine Straße beleuchteten, die auch nur ein schwaches Licht verbreiteten. Da sah er einen Mann das Hausboot verlassen, und er erkannte ihn sofort – es war Tanaka, der leicht schwankend schritt, als wäre der Boden unter ihm in Bewegung. Wie ein dunkler Schatten huschte Pechstein zum Anfang der kleinen Straße. Wieder verspürte er diesen Rausch, der ihn erfüllt hatte, unmittelbar vor dem Tod Yasuos, ein Rausch, der ihn auch erschreckte, da er Lust am Töten empfand, wenn ihm sein Opfer in die Augen sah, bevor das endgültige Dunkel kam, aus dem es kein Erwachen gab.

Dann aber, mit einem jähen Erschrecken, sah er die Gestalt hinter einem Zaun auf der anderen Straßenseite, einen reglos wartenden Mann, der zu ihm herüberblickte.

Pechstein beobachtete ihn und dann wieder die Straße. War das ein Mann der Yakuza? Gab er einem Schützen das Zeichen, dass er schießen sollte?

War es ein Fehler gewesen, zum Anfang der Straße zu laufen? Bot er jetzt nicht ein perfektes Ziel?

Ein Kopfschuss mit einem Präzisionsgewehr war ein rascher, nahezu schmerzloser Tod. Aber der Schütze durfte ihn erst dann treffen, wenn er die Mörder von Ronja und deren Auftraggeber getötet hatte.

Rasch bog Pechstein in die Seitenstraße ein. Auf ihr schien er ganz allein zu sein. Er war leichte Beute, wenn der Schütze richtig stand.

War alles zu glatt gegangen bisher? So unfassbar einfach? War er deshalb unvorsichtig geworden?

Er vernahm Schritte. Waren es Tanakas?

An einem Fenster im ersten Stock eines Hauses bemerkte Pechstein eine Frau, die ihn beobachtete. Die lauernden Schützen mussten sie auch wahrgenommen haben. Oder war sie Teil des Planes seiner Vernichtung? Gab sie das Zeichen zum Schuss?

Ich werde Tanaka heute nicht töten, dachte er. Er schritt schneller und schneller, wobei er mal nach rechts und mal nach links torkelte, als wäre er ein Betrunkener. Jeden Moment rechnete er mit dem Einschlag in seinem Körper.

Er bog nach rechts in eine kleine Straße ab, auf der er zu rennen begann, immer schneller. Im Dunkeln eines Busches blieb er stehen.

Er sah niemanden ihm folgen.

Er hatte sie getäuscht.

Und wenn sie ihn getäuscht hatten?

Am nächsten Tag belauerte er das Haus Tanakas, ein unscheinbares kleines Holzhaus mit Blumenkästen neben der Tür, in einer kleinen, engen Straße.

Er prägte sich das Spinnennetz der Gassen ein, all die Fluchtwege, die er genau kennen musste, um nicht in einer Sackgasse zu enden.

Einmal sah er Tanaka aus dem Haus treten, folgte ihm vorsichtig zu einem kleinen Laden, den der Beschattete rasch wieder verließ, wobei er sich im Gehen eine Zigarette anzündete. Aber überall waren Menschen, so musste er die Nacht abwarten, hoffend, dass Tanaka sein Haus dann verließ. Doch er sah ihn nicht vor die Tür treten.

Am nächsten Tag fuhr ein schwarzer BMW mit getönten Scheiben langsam an ihm vorbei, hielt aber plötzlich an. Seine Hand fuhr zur Waffe im Holster unter der linken Schulter. Hatten sie ihn bemerkt? Nun kannte er all die Fluchtwege, wenn er schießen und dann fliehen musste. Zwei Männer verließen den Wagen, traten in ein Haus, der eine blickte aufmerksam in seine Richtung, folgte aber dann seinem Gefährten.

Falscher Alarm, dachte Pechstein.

Dann jedoch kam die Nacht. Leer lag die kleine Straße vor ihm.

Und jählings sah er Tanaka aus dem Haus treten und er lief direkt auf ihn zu.

Im Lichtschein einer Laterne trat Pechstein an ihn heran, und er hob die PSS, hielt sie mit beiden Händen, aber er wartete noch.

Tanaka stand wie erstarrt, als er in den Lauf der Waffe sah und dann in die Augen ihres Besitzers, Augen aus sehr hellem, blauem Eis. Das waren die Augen dieser blonden Deutschen, die um ihr Leben gebettelt hatte vor dem Tod, und dieser Mann war ihr Vater und wollte, dass er es wusste, bevor er starb. Tanaka spuckte auf den Boden und wollte keine Angst zeigen, ehe die Kugel ihn zwischen die Augen traf.

36.

Pechstein lag auf dem Futon in seinem Kastenwagen, und es war Viertel vor vier, aber der Schlaf wollte und wollte nicht kommen, denn seine Gedanken weilten noch immer bei der Tat. Er spürte ein Gefühl der Beklemmung, da er aufs Neue auf ihn zukam, dieser Tanaka, und wieder hob er die Waffe und schoss.

Ich muss dieses Bild verdrängen, dachte er, *es darf mich nicht quälen, aber es will mir nicht gelingen. Ich bin ein Rächer, aber auch ein Mörder. Ich verstoße gegen das Gesetz. Ich, ein ehema-*

liger Mann der GSG 9! Was würden meine Kameraden sagen, wenn sie mich jetzt sehen könnten?

Abrupt brach er diese Gedanken ab. Hin und her wälzte er sich auf dem Futon. Vielleicht hätte er doch lieber in einem Love Hotel schlafen sollen, in einem weichen Bett und geduscht.

Da hörte er Schritte, die sich vorsichtig seinem Wagen näherten, und blitzschnell fuhr er hoch, griff nach der russischen Pistole, lauschte, ohne zu atmen. Die Schritte kamen ganz nahe an sein Auto heran, dann aber umgab ihn die Stille.

Sie waren da!

Er lauschte mit angehaltenem Atem, doch vernahm er keinen Laut, aber sie mussten direkt neben seinem Auto stehen, vielleicht zwei Männer oder auch drei. Würden sie das Auto blitzschnell zu öffnen versuchen, um ihn mit ihren Dolchen lautlos zu töten? Ein zynisches Lächeln huschte über sein Gesicht. Man starb nicht lautlos in Tokyo und er, Kai Pechstein, sowieso nicht, er würde nicht ohne Widerstand sterben, nie, er würde kämpfen bis zum letzten Atemzug!

Sie mussten eine der beiden Türen öffnen, wenn sie in das Auto wollten. Sein Blick wanderte zwischen beiden Türen hin und her, und er hielt die Waffe mit beiden Händen und dem Lauf nach oben, um ihn dann blitzschnell senken zu können. Er wartete reglos, und die Minuten vergingen. In dem Augenblick, wenn sie eine Autotür aufrissen, würde er schon schießen, und er war im Vorteil, denn sie mussten erst erspähen, wo genau er im Auto war. Doch wenn sie beide Türen zur gleichen Zeit öffneten? Würde er schnell genug sein, um sie dann zu treffen? Und wenn jetzt, in diesem Augenblick, ein Erstickungsanfall begann?

Da hörte er die Schritte wieder.

Aber sie entfernten sich, so leise, wie sie gekommen waren. Eine Viertelstunde lang wartete er noch immer in lauernder Haltung, ehe er sich langsam zu entspannen begann. Vielleicht war es ein Mann mit seinem Hund gewesen? Oder waren es die Männer des Detektivs, die ihn bewachten, und er hatte zum ersten Mal ihre Anwesenheit wahrgenommen? Soviel er auch grübelte, die Antworten auf seine Fragen fand er nicht. Und als er die Augen schloss, sah er den Buddha von Kamakura, aus Bronze gegossen und fünfmal so groß wie seine Betrachter, der ernst auf ihn herabschaute. *Wer schützt mich?*, dachte er. *Es geht alles so glatt, so problemlos, so unfassbar leicht.*

37.

Am nächsten Tag und in den Tagen darauf durchforschte er angespannt die englischsprachigen Zeitungen und er las in der Japan Times, in der Mainichi Daily News und in der Asahi Evening News von einem Mann, dem man zwischen die Augen geschossen hatte. Zeugen gäbe es für die Bluttat nicht, nur den Schuss selbst habe man in den umliegenden Häusern gehört. Eine Sonderkommission wäre nun im Einsatz, um den Täter, der offensichtlich ein Auftragskiller sei, zu fassen.

Und wieder wollte er sich zum Essen zwingen, damit die Energie ihn nicht verließ, die er doch benötigte. Suchend lief er durch die Ginza, um schließlich im noblen Restaurant Miyagawa einzukehren, wo es Flussaale gab, die noch lebend, mit dem Kopf auf ein Holzbrett genagelt, aufgeschlitzt und ausgenommen wurden, ehe sie, um ihr Fett abfließen zu lassen, auf einem Holzkohlengrill landeten und dann, in

Soße getaucht, hin- und hergewendet wurden, bis ihr dunkelbrauner Glanz zustande kam.

Sie jagen mich beide, dachte er, *die Yakuza und die Polizei, und ich esse wie ein Tourist.*

Es drängte ihn, die Bucht von Tokyo zu sehen, dort, wo sie seine Tochter versenkt hatten, in ihr nasses Grab. Und so war er endlich hinaus nach Shimbashi gefahren, um über die Rainbow Bridge zu laufen, diese moderne, mehrstöckige, weiße Brücke mit ihren acht Fahrspuren und den Trassen für die Magnetschwebebahn, die Brücke, die nach Odaiba führte, diesem dem Meer entrissenen Land. Neunhundertachtzehn Meter würde er laufen müssen. Es war ein sonniger Tag mit einer klaren Luft.

Und als er sie passierte, ließ er seinen Blick schweifen über die Bucht von Tokyo und ihr gräuliches Wasser. Der Wind fuhr in seine Haare, wirbelte sie herum, und er sah weiter auf die Tokyo-Bucht, das nasse Grab seiner Tochter! »Sie folgen dir alle nach, deine Mörder«, murmelte er, so, als ob er sich bei Ronja entschuldigen müsste. *Sie haben nur das Glück,* dachte er, *dass sie in Tokyos Erde ruhen werden und nicht in einem Grab aus Wasser und Beton, zwischen Tang und Algen.* Fest presste er seine Lippen aufeinander, und wieder dröhnte sie in seinem Kopf, die mächtige, donnernde Taiko-Trommel, die von der Rache kündete.

Vor seinem inneren Auge sah er Ronja, sah sie als vierjähriges Mädchen, die ihm weinend entgegenlief mit ausgebreiteten Armen und einer blutigen Schramme auf der Stirn. Damals hatte er sie aufgefangen, im späteren Leben aber nicht mehr.

Doch ich muss all diese Gedanken der Schuld verdrängen, dachte er, *mein Kopf muss völlig frei sein, für die Rache frei,* und so schritt er weiter, und eine kalte Ruhe erfüllte ihn wieder, die Ruhe des Fuji-san am westlichen Horizont, die Ruhe eines Berges. *Auch mein Herz ist zu einem Stein geworden.*

Später, auf Odaiba, fuhr er auf einem der höchsten Riesenräder der Welt, sah auf die Bucht hinunter aus einhundertfünfzehn Metern Höhe, auf das trübe Wasser. Er fühlte sich Ronja so nah wie nie zuvor. Seine Hände ballten sich zu Fäusten. Wie lange hielt er wohl dieser Anspannung noch Stand? Die einzige, die ihm noch Halt im Leben geben könnte, würde Nanako sein. In diesem Augenblick brauchte er sie wie die Luft zum Atmen.

38.

Aufmerksam studierte er die Skizze, den mit Nanakos Hand gezeichneten Plan des Viertels, in dem sie wohnte, ehe er zum U-Bahn-Plan griff, um auch ihn auseinanderzufalten. Er würde die Ginza-Linie nehmen müssen und brauchte nur drei Stationen zu fahren: Aoyama-itchome, Gaienmae, Omote-Sando.

Dann, als er vor dem Bahnhof stand, folgte er der Linie seines Kulis, die sich durch den Straßen- und Gassendschungel des Viertels wand. Weiter lief er und weiter und entdeckte endlich an einer Kreuzung ein kleines Polizeihäuschen und einen Tofuladen, der auf der Skizze eingezeichnet war, und ihr Haus, und er verspürte eine große Erleichterung, es gefunden zu haben.

Als er geklopft hatte und Nanako die Tür zu ihrem Apartment öffnete, war er einen Augenblick lang so verblüfft, dass er kein Wort hervorbringen konnte, denn vor ihm verbeugte sich eine Geisha, die eines der schönsten Kleidungsstücke trug, das die Menschen wohl je geschaffen hatten: einen

Kimono, rot, mit langen Ärmeln und mit eingewobenen goldfarbenen Pflaumenblüten und Wasserrosen. Ihr Obi, der breite Brokatgürtel aus platinfarbenem Seidentuch, war mehrfach um ihren Leib gewickelt. Die glänzenden schwarzen Haare trug sie nach oben gesteckt mit einer Art Krone in der Mitte, in ihrer linken Hand hielt sie einen goldfarbenen Fächer.

»Ist die Überraschung gelungen?«, wollte sie lächelnd wissen.

»Vollkommen«, erwiderte er beeindruckt und verbeugte sich noch einmal, denn ihr Aussehen schüchterte ihn ein, verwirrte ihn. Die Schminke auf ihren Lippen schien ihm leuchtend rot im kalkweiß gepuderten Porzellanpuppengesicht mit den groß gemalten Augen.

»Es ist nur ein Leihkimono«, beschwichtigte sie ihn. »Wir wollen heute gemeinsam eine kleine, ganz private Teezeremonie erleben«, sagte sie. »Nur wir zwei. Ich werde die Teemeisterin sein. Du sollst jetzt, in den kommenden Stunden, alles andere vergessen, du sollst Kraft schöpfen.«

Sie überreichte ihm einen Kimono, der dunkelblau war und den er mit ihrer Hilfe in der winzigen Küche anlegte, wobei sie ruhig auf ihn einsprach: »Wenn du mein Zimmer betrittst, verbeuge dich kniend vor dem Rollbild an der Wand und vor den Utensilien für die Teezeremonie. Die Süßigkeiten, die ich dir reichen werde, ersetzen den Zucker. Ihre Süße bleibt im Mund erhalten. Beachte: Wende beim Trinken die Seite der Teeschale mit der roten Farbe im oberen Bereich von dir weg. Nimm dich zurück vom Alltag! Vollkommen. Am Beginn werde ich das typische Kaiseki servieren, eine kleine Folge von Fisch- und Gemüsegerichten. Mit diesem Essen endet der erste Teil der Teezeremonie, dann wird der Hauptteil beginnen.«

Er zog die Schuhe aus und betrat das kleine Zimmer mit den Tatami-Matten, in dem ihm sofort der schlichte und sicher von ihr selbst gefertigte Raumteiler aus gespanntem Maulbeerbaumpapier auffiel, der das Zimmer weiter verkleinerte, so dass man nur noch ihn und das an der Wand hängende Rollbild sah, mit schwarzen Schriftzeichen auf weißem Grund. Er ließ sich auf die Knie fallen, verbeugte sich mit einem kleinen ironischen Lächeln vor dem Bild und dann vor den Dingen, die wohl nötig waren für die Zeremonie: einer roten, verzierten Lackdose mit dem Teepulver, einer Trinkschale mit einem kleinen Teebesen, der ihm erschien wie ein Rasierpinsel aus Bambus, einem Wassergefäß in Form einer Dose, einem langen geschnitzten Teelöffel und einer zylinderförmigen Schöpfkelle aus Bambus.

Dann nahm er im Schneidersitz Platz auf dem Sitzkissen an dem flachen Tisch, neben dem ein dampfender, gusseiserner Kessel auf einem Kocher stand, und er griff erwartungsvoll nach den Stäbchen.

Mit anmutig wirkenden Verbeugungen servierte ihm Nanako Köstlichkeiten, Fisch und Gemüse, die sie sehr kunstvoll angerichtet hatte auf kleinen Tellern und in Schälchen, und reichte ihm Sake in einem Becher aus Zedernholz.

Sie wirkt wie eine Porzellanpuppe, dachte er, *sie ist das schönste Wesen, das mir je begegnet ist, und es ist unfassbar, dass ich sie habe gewinnen können, selbst nur für kurze Zeit*. Sie verkörperte für ihn den Inbegriff der exotischen Schönheit einer japanischen Frau, die eine nahezu göttliche Schönheit war in diesem Augenblick und den folgenden.

Schweigen herrschte beim Essen, ein, wie er begriff, gewolltes Schweigen.

Später reichte sie ihm mit einer Verbeugung einen Teller voller Süßigkeiten.

»Ich werde eine Schale Tee für dich zubereiten«, sagte sie mit ihrem Kirschenmund, wobei sie sich wieder verneigte. »Der Tee heißt Wolke und Kraniche.«

Nach und nach, in mehreren Gängen, holte sie alles herbei, was sie nun offenbar benötigte, die lange Schöpfkelle, den Löffel für das Teepulver, um dann heißes Wasser aus dem Kessel zu schöpfen und es in die Teeschale zu gießen, ehe sie den Teebesen darin säuberte und das Wasser in das Wassergefäß goss. *Es ist ein uraltes Ritual,* dachte er, *jede Bewegung ist vorgeschrieben.* Sie hatte die Beine untergeschlagen und saß auf ihren Waden in kniender Stellung auf ihrem Hockkissen.

»Bitte nimm Süßigkeiten«, lud sie ihn ein, während sie die Teeschale mit einem weißen Tuch säuberte.

Sie füllte zwei Löffel grünen Teepulvers in die Trinkschale, goss zwei Schöpfkellen Wasser darauf und schlug den Tee mit dem Teebesen schaumig. Mit einer Verbeugung überreichte sie ihm die Schale, und er stellte sie auf seine linke Hand, so, wie sie es ihm geraten hatte, und führte die rechte Hand an das Gefäß und drehte es so, dass die rote Frontseite von ihm weg wies.

Er trank von dem dickflüssigen, schaumigen Koicha, der glänzte wie grüner Lauch.

»Gut«, lobte er nach dem ersten Schluck, obwohl er den Tee ein wenig bitter fand.

»Du bist perfekt«, sagte sie. »Nach dem ersten Schluck wartet der Teemeister nämlich auf ein Kompliment.«

»Das wusste ich«, gestand er. »Ich habe mich auf Japan vorbereitet.«

Ein wenig später griff sie zu einem Buch, das sorgsam und mit Bedacht unter dem Tisch abgelegt, eine Sammlung von Gedichten enthielt. Sie blätterte nicht lange, sie kannte die Seite offenbar genau. »Ein Gedicht aus dem uralten Kokinwakashu«, sagte sie und lächelte ihn an. »Es passt zu diesem Abend und es ermüdet nicht, denn es besteht nur aus fünf Zeilen.«

»Lies es vor«, bat er lächelnd.

Sie nickte und begann:

»Endlich kamen wir
in dieser Nacht zusammen.
Möge nun der Hahn
nur in dieser einen Nacht nicht
in aller Frühe krähen.«

Ein Lächeln huschte über ihr Gesicht. Und er saß wie verzaubert.

Das Schweigen, das dem Gedicht folgte, tat ihm gut, denn offenbar hatte sie ihn wirklich herausgelöst aus dem Schrecken, der ihn umgab, aus den Gedanken der Rache und des Todes, sie war eine kleine japanische Zauberin und schön wie eine Göttin zugleich.

Und da hielt sie ein zweites Buch in der Hand und las:

»Schlafen wir auch nur
auf einer dünnen Matte
geflochten aus Stroh
schlaf ich, Geliebte, mit dir
spür ich die Kälte nicht mehr.«

Ihre dunklen großen Augen in dem weiß gepuderten Gesicht ruhten auf ihm, nachdenklich und sanft. Eine Ewigkeit lang hätte er so sitzen können, denn es war schön, sie nur anzuschauen, noch ehe später die Berührungen begannen, die tausendfachen Liebkosungen. *Nanako ist das Abschiedsgeschenk des Schicksals,* dachte er, *das größte, was man wohl bekommen kann.*

»Ich mag ältere und sehr reife Männer«, sagte sie plötzlich.

Ihre Lippen sind wunderschön, dachte er, *und es schien ihm unfassbar, dass er sie würde küssen können,* doch wagte er noch keine körperliche Annäherung, er passte sich diesem von ihr gewollten Ritual an, und ihre Augen erschienen ihm noch dunkler als sonst, noch rätselhafter. Und wieder schenkte sie ihm ein Lächeln. *Warum nur,* dachte er, *lerne ich diese Frau kennen, wo mein Leben bald zu Ende ist?* Doch verdrängte er die Gedanken sofort.

Wieder und wieder trank er den schaumigen Koicha, dann sah er Nanako trinken aus der gleichen Schale, mit kleinen Schlucken, und ihre Augen ruhten weiter auf ihm, ohne Ende. *Jeder Augenblick im Leben zählt,* dachte er, da ihm wieder dieses japanische Sprichwort in den Sinn kam, wie viel Weisheit lag doch in diesen Worten, die schon eine Ewigkeit lang galten.

In drei Tagen töte ich Haruki, dachte er unvermittelt, *dann, wenn er vom Schwerttraining kommt, und morgen sehe ich mir das Haus an, in dem er wohnt.* Aber er schämte sich plötzlich dieser Gedanken, als wären sie ein Verrat an dem ihm so gut tuenden Spiel der kleinen Japanerin, das seine Seele entspannen sollte und es offenbar auch tat.

Aber erst auf dem Futon, Arm in Arm mit Nanako, vergaß er alles, was hinter und was vor ihm lag, und er tauchte ein in die dunkle Tiefe ihrer Augen, und er tauchte ein in ihren Körper, den sie ihm entgegenwarf mit einer wilden, fordernden Lust, wieder und wieder, bis sie endlich nebeneinander lagen, mit heftig schlagenden Herzen, Hand in Hand.

Er legte seine Lippen auf ihre Augen, und sein Durst nach Zärtlichkeiten wollte nicht enden, begann immer wieder, war nicht zu stillen …

39.

Nun würde er Mahumoto Haruki töten!

Stärker fühlte er sich als in den Tagen zuvor, so, als hätten die Stunden mit Nanako ihm wirklich Kraft gegeben, als wären sie Balsam gewesen für seine Nerven und eine Atempause auf dem Weg der Rache.

Also auf nach Shinjuku! Aber nicht die westliche Seite des größten Bahnhofes der Welt mit dem steilen Wald aus Wolkenkratzern, zu denen eine endlos lange Untergrundpassage unter der Chuo-dori hinführte, würde er aufsuchen müssen, sondern seine östliche. Vor dem Bahnhof sah er graue Riesenbusse, hörte Marschmusik, dröhnend und laut und eine Stimme aus dem Lautsprecher, die, erst Nanako verriet es ihm in den Tagen darauf, vom Untergang des großen Nippon sprach, vom sinkenden Nationalstolz, von Kursstürzen, von Yen-Schwächen, von Korruptionsskandalen, Staatsverschuldung, von Überalterung als Vorboten des Totalbankrotts und von verwerflicher Schülerinnenprostitution. Es wäre die rechte Stimme Japans, die unüberhörbar den Menschen in das Gewissen reden wollte, die, nahezu blind für die Realität, der Obrigkeit vertrauten, immer. Dann aber tauchte er tiefer und tiefer ein in die dicht besiedelten Wohnviertel, in ein schier endloses Labyrinth aus Straßen und Gassen ohne Namen, in dem man sich verirren konnte, in eine Welt aus fremden Zeichen, die er nicht verstand, und voller Menschen, deren Sprache er nicht beherrschte. Die Skizze war sein einziger Halt. So dicht standen die Häuser, dass sich ihre Wände beinahe berührten, und die Straßen waren so eng, dass ein Fahrzeug sie gerade so passieren konnte, ein Auto zu parken war unmöglich.

Weiter und weiter lief er, weil er sich einem Taxi nicht anvertrauen wollte. Links und rechts standen, auf engstem Raum, winzige kleine Häuschen, Mini-Apartments, aber auch Wohnheime und eine endlose Zahl durchgehend geöffneter Geschäfte, Restaurants und Tabaklädchen. Hier würde er, wenn er den Yakuza getötet hatte, abtauchen können, ohne dass man ihn finden konnte.

Doch obwohl er Straßenkarten gewohnt war, hatte er sich bald verlaufen. Wieder und wieder blickte er auf die Karte, dann sah er an einer Kreuzung zweier kleiner Straßen ein kleines Kreuz, das am unteren Rand des Plans erläutert wurde.

An dieser Kreuzung also befand sich ein Tabakladen, und diesen Laden musste er suchen. Die Japaner, die er befragte, waren sehr freundlich, doch sprachen sie alle, zumindest gaben sie es vor, kein Englisch und so verstand er nicht, was sie ihm sagen wollten, doch folgte er der Richtung ihrer Finger. Aber immer tiefer geriet er in das Labyrinth und dichte Geflecht der Straßen und Gässchen.

Unvermittelt befiel ihn ein Gefühl der Panik, der Ratlosigkeit, das nicht weichen wollte. Da sah er einen Mann im grauen Anzug auf ihn zukommen, dem er den Plan der Straßen zeigte und der Englisch konnte, nur war es schwer zu verstehen, sehr schwer.

Aufmerksam musterte der Mann den Lageplan, glitt mit dem Finger auf der Karte auf und ab und nickte dann. Sein Finger wies auf den jetzigen Standort und wanderte sehr langsam weiter, um plötzlich auf der Stelle zu verharren, die auch der Detektiv als das gesuchte Haus eingezeichnet hatte. Der Japaner zog einen Kuli aus der Innentasche seines Sakkos und zeichnete eine Linie von diesem Standort, wo sie sich jetzt befanden, bis hin zu dem gesuchten Haus. Dann gab er Pechstein die Karte zurück und verbeugte sich. »Schräg gegenüber steht ein kleiner Schrein«, sagte er noch. »Sie sehen auf jeden Fall einen roten Torbogen.« Pechstein verbeugte sich ein wenig tiefer, so froh war er über diese unverhoffte Auskunft. Mit ruhigen Schritten folgte er dann der Linie des Kulis, weiter und weiter, bis er tatsächlich den roten Torbogen vor einem kleinen Schrein sah und ihm gegenüber das gesuchte Gebäude, ein zweistöckiges Apartmenthaus, in dem, in der zweiten Etage, Mahumoto Haruki in der Wohnung 203 leben sollte, als Single.

Er betrat das Haus, lief die Treppe hinauf, um dann dem Gang in der zweiten Etage zu folgen, in dem sich das gesuchte Apartment befand. Es war still auf dem Flur, nirgendwo vernahm er ein Geräusch, es schien ihm, als wäre er der einzige Mensch in diesem Haus. Aber wenn er doch auf einen Menschen traf, so würde dieser den Tod sehen, ohne es zu wissen, den Tod in Gestalt eines Mannes mit pechschwarzem Haar und einer Sonnenbrille, hinter deren Gläsern man die Augen nicht sah. Doch wollte er nicht, dass er gesehen wurde, und so verließ er rasch das Haus, schritt hinüber zu dem Schrein, passierte den roten Torbogen, betrachtete den Schrein, der auch im Lärm der Stadt eine eigenartige Stille ausstrahlte, die noch verstärkt wurde durch steinerne Laternen. Er bemerkte die Büsche, in deren Schutz er würde warten können, bis Haruki kam, wann auch immer.

Und dann, in der Nähe des Schreins, entdeckte er eines dieser Love Hotels, wo er übernachten konnte vor dem Tag der Tat, dann, wenn Haruki vom Schwertkampftraining nach Hause kam. Er lächelte bitter. Ein Schrein und ein Liebeshotel? Aber der Shintoismus war nun mal eine fröhliche Liebesreligion, und so verehrten die Japaner doch Phalli und Vaginae als Fruchtbarkeitssymbole, kauften sie in Andenkenläden in der Nähe eines Schreins als Zuckergussnachbildungen.

Dann folgte er der Linie des Kulis wieder zurück, vermerkte sich Läden und Restaurants auf dem Weg oder andere Besonderheiten und erschloss sich auf diese Weise den gesamten Weg bis zur Station der U-Bahn, dort, wo das geschwungene weiße M in einem blauen Kreis aufleuchtete. Harukis Tage waren gezählt, endgültig. In zwei Tagen hatte er sein Training, in zwei Tagen würde er sterben.

40.

Es war Nacht, und der Mond stand, hell strahlend, über den achtzehn Wolkenkratzern von Shinjuku und über den Straßen und Gassen von Kabukicho, Nishi-Shinjuku und anderswo. Aber Wolken zogen dem Mond entgegen, dichte Wolken.

Pechstein wartete im Schutz der Büsche und in der Nähe des Schreins, und er trug die schallgedämpfte Waffe in seinem Hüftholster, die er unter seinem Sakko gut verbergen konnte. Die steinernen Laternen, auf die das Mondlicht fiel, schufen eine geheimnisvolle Atmosphäre, eine düstere, tödliche Stimmung, als habe sie der Tod selbst erzeugt, der in wenigen Minuten einen Mann holen würde, der Haruki hieß und vom Schwertkampftraining kam.

Der Verkehr auf der kleinen Straße war verebbt, nur aus den Häusern drangen noch Stimmen, aber nicht laut, nur gedämpft.

In dem Augenblick aber, als ein Auto am Garten des Schreins vorbeifuhr, lud er die Waffe durch, so dass niemandem dieses Geräusch auffallen und er selbst nun sofort schießen konnte. Wieder umgab ihn die Stille, in die nur gedämpfte Stimmen drangen.

Die steinernen Laternen warfen ihre Schatten auf den Boden des Gartens vor dem Schrein, die aber erloschen, als Wolken sich vor den Mond schoben.

Und Pechstein hörte Schritte aus der Richtung, wo er Haruki erwarten musste. Das Foto des Mannes stand ihm vor Augen, so, als ob er ihn bereits kennen gelernt hätte, einen Mann, stämmig, mit geschorenem Kopf und breitem Gesicht, das er nie übersehen würde.

Im Licht einer Straßenlaterne sah er einen Japaner in einem schlecht sitzenden, marineblauen Anzug, der ein breites Revers hatte und übertrieben dicke Schulterpolster. Je näher er kam, umso besser konnte er sein Gesicht erkennen, es war das breite Gesicht Harukis! Und da waren sie wieder, die Lust, dieser Rausch, die das Töten so leicht machten.

Er zog die Waffe aus dem Holster und wartete hinter dem rechten Torbalken des Torii, bis der Yakuza sein Haus betrat, dann huschte er über die Straße, lautlos wie ein Ninja. Im erleuchteten Hausflur wandte sich Haruki blitzschnell um, doch sah er bereits in den Lauf einer Waffe und in diese seltsamen Augen, die er kannte, ehe ihn die Kugel zwischen die eigenen traf.

Lauernd stand Pechstein einen Moment lang reglos. Den Schuss hatte wohl niemand gehört? Offenbar war es so. Der Rausch war verflogen, er war ein Mörder wie der Mann, der am Boden lag!

Wolken verdeckten den Mond und hüllten so die Höfe in ein Dunkel, in das Pechstein dann floh, lautlos, als wäre er ein Schattenkrieger. Endlich stand er keuchend auf der Parallelstraße, und erst jetzt schob er die Waffe in das Holster zurück.

Er atmete befreit auf. Wie gut war es, eine schallgedämpfte Waffe zu besitzen.

Nun stand nur noch ein Mann auf seiner Liste, dieser Mann aber war der Boss der drei toten Männer, und ihn würde er nicht so leicht töten können, denn nun würde er mit Sicherheit wissen, wer ihm auf den Fersen war, er allein, denn er war der Letzte, der alles vom Tod eines blonden Mädchens wusste, die drei Anderen hatten ihr Wissen mit in das Grab genommen.

Die Nacht, dachte Pechstein, *werde ich wieder in meinem Auto verbringen, dort werde ich nicht gesucht, denn selbst ein Love Hotel hatte Videokameras.* Erst am Bahnhof würde er in ein Taxi steigen, wie ein Mann, der aus Kabukicho kam, wo das Nachtleben brodelte, aus einem der vielen Striptease-Bars oder Sex-Shows. Er würde nicht auffallen, wenn er einen angetrunkenen Mann spielte, der gerade aus den Armen einer mandeläugigen Schönen kam. Irgendwo, in der Nähe ›seines‹ Friedhofes, würde er sich absetzen lassen, um dann zu seinem Auto zu laufen, aber mit größter Vorsicht und immer in Erwartung eines Angriffes. Er würde die Waffe entsichert und somit sofort schussbereit in der rechten Hand halten und sie auch im Auto neben dem Futon, auf dem er ruhte, in gleicher Weise aufbewahren.

41.

In den englischsprachigen Zeitungen las er vom Mord an einem Mann, dem der Täter zwischen die Augen geschossen habe. Näheres sei von der Polizei nicht zu erfahren gewesen, doch wäre eine Sonderkommission dem Mörder dicht auf den Fersen. Nachdenklich rieb sich Pechstein das Kinn. *Keine gute Nachricht,* dachte er, denn vor der japanischen Polizei hatte er Respekt und auch Tomohisa konnte nun wissen, wer dieser geheimnisvolle Täter war, und er würde alle seine

Männer auf das Intensivste suchen lassen. Ein grimmiges Lächeln huschte über Pechsteins Gesicht. Tomohisas Männer und seine vielen Informanten in all den Stadtteilen würden einen Deutschen suchen, dessen so helle blaue Augen in seinem weißen Gesicht jeder Japaner sofort erkennen würde, der ihn sähe. Sein Gesicht aber war nicht mehr weiß und seine Augen sahen nur noch eine kleine Japanerin, die Nanako hieß, oder Männer, die sterben würden, auch Tomohisa, dann, wenn er es nicht erwartete, er würde so überrascht sein wie seine drei Männer. Wessen Sanduhr des Lebens aber lief schneller ab, seine eigene oder die Tomohisas? Keiner kennt sein Schicksal, nur Buddha, würde der Detektiv sagen. Buddha aber sah wohl weg, wenn es um die Blutrache ging oder er vergab die Rache.

Der Tod war überall. Und er dachte an die roten Mützchen und Lätzchen an den vielen dicht an dicht stehenden Jizo-Statuen am Zozo-Tempel, die von verzweifelten Müttern stammten, die ein Kind verloren hatten, sei es durch eine Abtreibung oder eine Fehlgeburt.

Und er saß im Shiodome City Center mit Nanako, hoch oben, in zweihundert Metern Höhe, im zweiundvierzigsten Stockwerk.

Später aber führte sie ihn in ein besonderes Lokal, über dessen Eingang eine Laterne in Form eines Kugelfisches hing, der auch auf dem Türvorhang schwamm wie eine giftige Drohung.

»Keine Angst«, ermunterte sie ihn. »Die Köche haben eine Sonderlizenz. Du überlebst den Genuss.«

»Eine Lizenz zum Töten«, entfuhr es ihm und er dachte daran, dass sie ihn hier töten konnten und es wie ein Unfall wirken würde.

Aber er aß den Fisch, hauchdünn geschnitten und rosettenförmig auf dem Teller angeordnet, mit Ponzu-Soße. Es war ein Genuss. Sie konnten sehr gut und dünn schneiden, diese Japaner. Er dachte aber: *Diesen Fisch zu essen, ist wohl ihr russisches Roulette, denn würde die Gallenblase angeschnitten, so konnte sich das Gift blitzartig im Fleisch verbreiten, aber man schmeckte es nicht, man stürzte tot vom Stuhl, auf dem man saß.* Diese Gallenblase herauszuschneiden war eine Kunst, und so hing das Zertifikat des Koches als stolzer Blickfang an einer Wand.

Später aber wollte er nur ihre Zärtlichkeit. Nanako jedoch hatte andere Pläne, das war offensichtlich, sie wünschte sich, mit ihm nach Shinjuku zu fahren, ohne ihm den Grund zu verraten, der, wie er enttäuscht feststellte, nur ein Kaffeehaus war, das Café Nous.

Sie sah ihn ein wenig spitzbübisch an, als sie sprach: »Wir werden Kaffee trinken aus echten Tassen Meißener Porzellans!«

Zuerst wollte er geringschätzig abwinken, aber dann begriff er, dass sie ihm etwas ganz Besonderes bieten wollte. Und wahrhaftig, in beleuchteten Schaukästen an der Wand wurde auch ein Meißener Porzellan-Kaffeegedeck angeboten, neben anderen fünfhundert Porzellan-Kaffeegedecken aus aller Welt. Er versuchte ein beeindrucktes Gesicht zu machen, und er versetzte sie dadurch in ein Entzücken, das ihm übertrieben erschien.

»Ist die Überraschung gelungen?«, hörte er sie fragen.

»Ja«, erwiderte er und presste sanft ihre Hand, die sich klein und leicht anfühlte und bebte wie ein aus dem Nest gefallener junger Rabe. Sie sah ihn versonnen an, mit ihren großen mandelbraunen Augen, und es war ihm, als ob sie aus seiner Mimik seine Wünsche herauslesen konnte, denn sie nickte unmerklich.

Doch Nanakos Umarmungen, später auf ihrem Futon, empfand er wie einen Abschied für immer, wie ein letztes Geschenk des Schicksals, sie schienen ihm so innig zu sein, so einmalig, dass er sie wohl so nie wieder erleben würde.

Eine ruhige Gelassenheit erfüllte ihn, als er sie am Morgen verließ, eine Gelassenheit, die er gesehen hatte bei einem buddhistischen Bettelmönch, reglos sitzend, inmitten der Häuserschluchten Shibuyas, inmitten des hektischen Shoppingtreibens, inmitten all der offenbar durchgehend klingelnden Mobiltelefone an den Ohren ihrer Besitzerinnen und Besitzer.

Dann aber, als er an Tomohisa dachte, ballten sich seine Hände zu Fäusten, der Hass ließ sein Herz heftig schlagen und die Taiko-Trommel dröhnte wieder in seinem Kopf.

42.

Schweißgebadet erwachte er im Zimmer eines Love Hotels am Rande von Kabuki-cho, dem Sündenbabel, wo alles Leben längst erloschen war, in den Striptease-Bars, den Sex-Shows, den Kinos, dem Koma-Theater, in den tausenden von Lokalen und Diskos.

Sie waren wieder dagewesen, diese zerstörten Gesichter, er konnte sie nicht aus seinen Träumen fernhalten, sie verbannen, also ließ der Tod sich nicht abschütteln, er zeigte ihm seine Opfer immer wieder. Bei der Tat selbst schauderte es ihn nicht, er spürte nur den Trieb der Rache, aber dann, wenn die Mörder tot waren, erfüllten ihn andere Gedanken. War es ein Schuldgefühl, das im Unterbewusstsein daherkam? Aber warum? Alle waren sie Mörder, hatten den Tod verdient, würden sie verurteilt werden, so konnten sie irgendwann einmal ein neues Leben beginnen, seiner Tochter aber war ein neuer Anfang nicht vergönnt. Aber er beging Selbstjustiz! Und er war ein Ex-Polizist! Es war unfassbar, und er tat es weiter.

Nur musste er lernen, mit den Toten umzugehen, schließlich waren es die Mörder seiner Tochter, und doch waren sie da, die zerschossenen Gesichter, immer nachts. Geglaubt hatte er, das Gefühl der Rache würde die blutige Erinnerung löschen, aber so war es nicht, das Töten selbst schien zwar leicht, aber die Toten brachen ein in seine Träume, würden ihn, da war er sich nun sicher, verfolgen bis zu seinem letzten Tag.

Er war ein Engel der Rache, ja, doch war er auch ein Mörder, hatte die Ordnung der Welt zerstört.

Seine Lippen bebten leicht.

Seine Finger suchten die Smith & Wesson, die unter dem Futon lag, pressten sich um den Griff, und die Berührung tat ihm gut, und sofort dachte er an Tomohisa. Würde auch sein Gesicht in den Träumen erscheinen, das Gesicht des Hauptschuldigen am Tod seiner Tochter? Fest biss er die Zähne auf seine Unterlippe.

»Du Hund«, stieß er hervor. »Du verfluchter Hund. Auch wenn du mir deine toten Männer jede Nacht in meine Träume schickst, entgehst du mir nicht.«

Dann duschte er sich kalt, fühlte sich frei von allen drohenden, schreckenden Gedanken, da nur die Rache zählte, nur sie. Er stand wie zu Stein erstarrt, zuckte mit keiner Wimper.

Die Schatten der Toten umschwebten ihn.

Er wusste es.

Aber sie wurden nur in seinen Träumen sichtbar, am Tag verflüchtigten sie sich, lösten sich auf.

43.

Das Handy vibrierte an seinem Körper.

Er vernahm die Stimme des Detektivs. »Sie bekommen heute das, was Sie erwarten. Können Sie in zwei Stunden zum Sunshine 60 kommen in Ikebukuro? Sie können es nicht verfehlen. Es ist das höchste Gebäude. Fahren Sie nach oben bis zur Aussichtsplattform.«

»Ich werde da sein«, erwiderte Pechstein. Sein Herz schlug heftig.

Mit der U-Bahn fuhr er dann, der Marunouchi-Linie, hinaus nach Ikebukuro, um mit noch immer klopfendem Herzen zu diesem gewaltigen Hochhaus Sunshine 60 zu laufen, das als zweitgrößtes Gebäude Tokyos alle anderen überragte und das man wirklich nicht übersehen konnte, es war ein Leuchtturm im Häusermeer, in dem man untergehen und sich verloren fühlen konnte, wenn man ein Fremder war.

Mit dem Turboaufzug gelangte er hinauf in den sechzigsten Stock, hinauf zur Aussichtsebene. Den Detektiv sah er nicht. Über Tokyo lag ein unwirklicher Dunst, der ihm aber längst vertraut war. Der so allgegenwärtige Smog hatte die Stadt im Griff und in der Ferne sah er die schneebedeckte Kuppe des Fuji-san nicht. Dann, als er den Blick nach rechts schweifen ließ, sah er die gewaltigen Hochhäuser, die aus dem Betondschungel aufragten, zwanzig oder mehr mochten es sein, und all die Wasserwege Tokyos und die Brücken, die sie überspannten, die er nachts nicht wahrgenommen hatte, sah die Schnellstraße Nr. 5, die brachial und vierspurig das Gewirr der Häuser durchschnitt. Wo aber blieb der

Detektiv, der immer pünktlich war und seine Zeitangabe einhielt?

Unversehens stand er neben ihm.

»Sie hatten keine Beschatter«, sagte der Detektiv leise, »und auch ich nicht. Wir haben es genau geprüft. Lassen Sie uns aber doch noch, nur zur Sicherheit, einen kleinen Abstecher machen, zum Kannon-Tempel. Dann werden wir reden. Drei meiner Männer werden uns unbemerkt folgen. Besser kann Ihr Schutz nicht sein, und wir haben die Gewissheit Ihrer höchsten Sicherheit.«

Mit der Yamanote-Linie fuhren sie nach Ueno und stiegen um in die Ginza-U-Bahn nach Asakusa, dort, wo im nördlichsten Stadtteil am Ufer des Sumida-Flusses der große Asakusa Kannon-Tempel stand. Eine große Unruhe erfüllte Pechstein, doch er wollte den Detektiv nicht bedrängen.

Durch das mit einer gewaltigen, roten Laterne behängte ›Donner-Tor‹ schritten sie, ehe sie an Läden vorbeiliefen mit T-Shirts, Kimonos, Kitsch und Reis-Kräckern. Es war ein förmlicher Spießrutenlauf an unendlich vielen Läden vorbei, ehe sie sich einem zweiten Tor gegenübersahen und endlich der Haupthalle des Kannon-Tempels, dessen Hof gefüllt war mit Menschen, die fotografierten und Horoskope kauften oder beteten. Aus einer großen Bronzeurne vor der Haupthalle stieg Weihrauch auf, mit dem sich ältere Menschen offenbar schmerzende Stellen ihres Körpers einrieben, wohl auf Linderung hoffend. *Wann beginnt dieser verdammte Detektiv endlich zu reden,* dachte Pechstein, *von diesem letzten Mann, den ich noch töten will.*

»Die Yakuza hat Sie verloren«, sagte der Detektiv. »Wären ihre Männer Ihnen gefolgt, hätten wir sie jetzt endgültig bemerkt. Ich habe deshalb diesen langen Anmarsch gewählt.«

Auf seiner Unterlippe kauend, starrte Pechstein noch immer auf die Menschen an der Weihrauchurne, an der ein ständiges Kommen und Gehen herrschte.

»Kommen Sie«, sagte der Detektiv, und Pechstein folgte ihm in einen Garten mit Götterstatuen und kleinen Teichen, in denen ein Gewimmel von Koi-Karpfen zu sehen war, vorbei an kleinen Wasserfällen, um endlich an einem Teich zu verharren, wo keiner sie belauschen konnte, während ihre Blicke auf eine verzierte, fünfstöckige Pagode fielen.

»Er war gestern bei einer Domina«, begann der Detektiv, »bei einer der wohl teuersten in Tokyo, über die das Gerücht zu hören ist, dass schon Kunden in ihren Folterkellern zu Tode gekommen und heimlich entsorgt worden sind. Aber sie steht unter besonderem Schutz, da sehr ranghohe Politiker unserer Regierungspartei bei ihr verkehren, auch Minister. Sie spricht perfekt Englisch. Sie soll sehr extreme Praktiken ausüben und hat wohl deshalb einen festen, sehr gut zahlenden Kundenstamm.«

Der Detektiv übergab Pechstein eine Skizze, in der Straßen ohne Namen eingezeichnet waren und ein runder Kreis.

»Sie werden ihr Haus finden, denn genau gegenüber ist ein Autohaus. Nur bei ihr könnten Sie ihn stellen. Aber es sind drei Bodyguards bei ihm. Einer sitzt im Auto und beobachtet die Gegend um das Haus, ein anderer umkreist das Haus ständig und der dritte wacht im Haus. Es wird nahezu unmöglich sein, an ihn heranzukommen, selbst wenn es Ihnen gelingt, seine drei Männer auszuschalten, so ist auch er selbst noch bewaffnet, und er ist ein verdammt schneller Mann mit der Waffe. Er kann auch ohne Waffe kämpfen wie ein Ninja, er beherrscht alle Kampftechniken der Schattenkrieger, er kann Sie mit Griffen entwaffnen, die Ihnen fremd sind. Er ist ein Mann, so heißt es bei uns, der auf der Schneide der Klinge wandelt. Unterschätzen Sie auch die Domina nicht, die ihm helfen wird.«

»Auch ich bin ein guter Mann«, entfuhr es Pechstein.

Nachdenklich blickte ihn der Detektiv an. »Wir werden herausfinden, wann er wieder zu ihr kommt!«

»Wie wollen Sie das schaffen?«, fragte Pechstein erstaunt.

»Wir werden ihre Gespräche abhören.«

Das Gesicht des Detektivs blieb reglos bei seinen Worten, auch als er sich erhob und sich, tiefer als sonst, zum Abschied verneigte. *Vielleicht ist es das letzte Mal,* dachte Pechstein, *dass wir uns gesehen haben.* Und er zwang sich zu einem Lächeln, das jedoch nur ein gequältes war.

Als der Detektiv längst gegangen war, saß Pechstein noch immer in dem Garten. *Es ist so seltsam, wie sich alles fügt und gelingt,* dachte er grübelnd, *ich erhalte die Waffen, die Namen der Mörder meiner Tochter, ihre Fotos, ihre Adressen, ja sogar die Orte, wo ich sie gefahrlos töten kann, man könnte wirklich denken, eine dieser vielen japanischen Gottheiten hält die schützende Hand über mich, eine Gottheit, die mich begleitet vom Flughafen Narita an, als ob es ihr Wille ist, was ich tue, als wäre ich ihr strafendes Schwert.* Und vor seinem inneren Auge sah er urplötzlich das Antlitz eines großen steinernen Buddhas, der auf ihn herabschaute, ernst und prüfend, aber doch auch mit einem unverkennbaren Wohlwollen, es schien ihm, als ob Leben war in dem steinernen Gesicht.

War es etwa Buddha selbst, der ihm half?

Ein zynisches Lächeln huschte über sein Gesicht.

Buddha war ein Mann des Friedens.

Es musste wohl ein anderer Gott sein.

Oder eine Göttin?

Eine Göttin, die in menschlicher Gestalt unter den Menschen weilte und sich Nanako nannte – eine Göttin der Rache oder Izanami selbst?

Sein Herz schlug heftig.

Was für ein irrer Gedanke!

Ich werde wohl langsam verrückt, dachte er, *ich glaube schon an japanische Götter.*

44.

Ein Streifenwagen rollte lautlos an ihm vorbei, aber er blieb völlig ruhig, veränderte das Tempo seiner Schritte nicht, lief gleichmäßig weiter. Die Blicke der Polizisten im Wagen streiften ihn flüchtig. Die Luft war heiß, so, als wäre die Stadt ein Backofen.

Er spürte ein leichtes Brennen in seinem linken Lungenflügel, das nicht weichen wollte, und dieses Gefühl der Schwäche. *Den Husten,* dachte er, *nehme ich wohl schon nicht mehr wahr.* Aber die Schwäche fürchtete er, die ihn erst packen durfte, wenn Tomohisa tot war, nicht eher.

Er besuchte ein Tokyoter Freibad, doch war er geschockt, da er nicht einmal Platz fand für sein Handtuch. Die Menschen saßen Schulter an Schulter und das Baden erfolgte wie in einem Schichtbetrieb.

So entfloh er diesem Gewimmel und war froh, denn das Herumbummeln ohne eine der beiden Waffen gefiel ihm nicht, und wenn es noch so heiß war, trug er lieber ein Sakko, um das Schulterholster darunter zu verbergen oder das Hüftholster, denn er war Jäger und Wild zugleich.

Dann lag er im Auto auf dem Futon, und seine Arme und Beine schienen ihm wie mit Blei gefüllt.

45.

Ich lebe wie in einem freien Fall, dachte er, *als ob ich hinabspringe von einer Brücke, die über eine Schlucht führt, hängend an einem Gummiseil. Ich habe es einmal getan, irgendwo in Neuseeland, und es war das irrste Gefühl, dass ich je verspürt habe in meinem Leben, man fällt und fällt, dem Wasser eines Flusses entgegen, an dessen Oberfläche aber man nicht aufschlägt, endlos scheint der Fall zu dauern, man kann ihn im Nachhinein nicht beschreiben.* Geschrien hatte er, ohne zu wissen, ob es aus Glück geschah oder aus Angst, einfach gefallen war er, in den Ohren den eigenen Schrei.

Jetzt, hier in Tokyo, fiel er wohl auch, es war ein endloser Fall und dem Tod entgegen.

Aber er schrie nicht.

Er fiel lautlos.

Und er tötete dabei.

Sechster Teil

46.

Immer, wenn die Gedanken an Ronja kamen, versuchte er sie zu verdrängen. Er brauchte jetzt, in dieser Phase, seine ganze Kraft.

Obwohl er die Skizze besaß, musste er eine Weile herumirren in einem offenbar vornehmen Viertel mit teuren Apartmenthäusern, dessen Straßen Ginkgobäume säumten. Vorbei lief er an einem Schrein, in dessen Anlage er die hohe steinerne Statue einer Göttin erblickte, ehe er das Haus der Domina entdeckte.

Sie bewohnte ein weißes einstöckiges Gebäude, das ihn an eine kleine Festung erinnerte, weil die Fenster oft schmal waren. Nach dem Krieg hatte eine Gruppe der CIA in ihm ihren Sitz gehabt, deshalb musste es schalldichte Keller haben, in denen man foltern konnte, ohne dass Schreie nach draußen drangen. Eine Mauer, die höher war als ein sehr hochgewachsener Mann, schützte das Anwesen. Der Zugang zum Haus war so angelegt worden, dass hohe Büsche die Eingangstür völlig verdeckten und so jeden Besucher vor Blicken verbarg, wenn er die Dame des Hauses als Kunde besuchen wollte.

Dem Haus gegenüber stand ein Autohaus, so dass Besucher der Domina keine Beobachter von dort aus erwarten mussten. Zu beiden Seiten des Hauses befanden sich einstöckige Häuser, die gleichfalls im Schutz dichter Büsche standen. Es war eine wirklich günstige Lage für Besucher aus den gehobenen Schichten.

Hinter dem Haus der Domina gab es einen Garten mit Bambus und Büschen, hinter denen er sich verbergen und auf den zweiten Bodyguard warten konnte. Er würde ihn lautlos ausschalten. Dann aber musste er unbemerkt in das Haus eindringen.

Grübelnd stand Pechstein und ein wenig ratlos, doch kam ihm eine Idee: Mit einem Glasschneider würde er sich den Zugang zum Haus verschaffen, einem Glasschneider, den er gewiss irgendwo kaufen konnte, vielleicht in Shinjuku in einem der mächtigen Kaufhäuser im Süden, im Takashimaya Times Square, dem wohl größten Kaufhaus Japans, das er schon kannte, oder im Isetan, im Mitsukoshi, im Odakyu, im My City im Bahnhof oder im Riesenkaufhaus Tobu in Kebukuro. Es gab genug. War er dann erst einmal im Haus der Domina, kam es darauf an, wer zuerst schoss, der Yakuza, der seinen Boss bewachte oder er selbst. Doch würde er für den Bewacher völlig überraschend auftauchen und mit der schallgedämpften Pistole schießen. Aber in welchem Raum war Tomohisa? *Ich werde versuchen,* dachte er, *der Domina vorher ein paar Informationen zu entlocken, ich werde selbst wie ein Gast zu ihr gehen, ich werde so tun, als sei der Yakuza-Boss ein japanischer Freund, der von ›seiner‹ Domina so voller Begeisterung gesprochen habe, ich muss die gleiche Behandlung erdulden wie er, damit ich weiß, in welchem Raum ich ihn töten werde.* Aber der Gedanke stimmte ihn nicht froh, er beunruhigte ihn.

47.

Er klingelte an der Anlage am Betonpfeiler neben der stählernen Pforte.

Er hörte eine Stimme durch die Wechselsprechanlage. Auf Englisch begann Pechstein zu reden. »Ein japanischer Freund gab mir Ihre Adresse, der Mann, der gestern um zwölf bei Ihnen war.«

Er hörte ein Summen, schritt durch den Vorgarten und betrat das Haus. Eine junge Japanerin mit einem kurzen, sehr eng anliegenden Lederkostüm wies schweigend die Treppe hinauf, die er dann nach oben schritt, wo ihn die Domina empfing, die ein langes, schwarzes Kleid trug mit einem breiten Schlitz, der einen Blick auf ihre Beine zuließ, die ihre Kunden gewiss nie berühren durften.

Er folgte ihr in ein Zimmer, in dem zwei tiefe Ledersessel standen. Er verbeugte sich. Sie tat es nicht, ihre kalten Augen musterten ihn nur. Sie war stark geschminkt, trug das schwarze Haar offen und sah berauschend schön aus, wirkte aber zugleich auch gefährlich wie eine Raubkatze.

»Ich möchte die gleiche Behandlung haben wie gestern Mittag mein Freund«, brachte er hervor. Seine Stimme bebte leicht.

Das schöne Raubtier musterte ihn eine Weile schweigend und abschätzend.

»Da brauchst du einen Termin.«

»Ich kann mich nach Ihnen richten«, versicherte er.

Sie besah ausgiebig ihre langen Fingernägel, die schwarz lackiert waren.

»Übermorgen um zwölf«, sagte sie dann. »Du hast großes Glück. Ein Kunde hat überraschend abgesagt.«

»Danke«, sagte er rasch, wobei er sich mehrmals verbeugte.

»Ich bin teurer und härter als andere Dominas«, gab sie noch zu bedenken. »Ich hatte und habe auch ausländische Besucher. Meine Kunden kommen alle wieder, auch wenn sie beim ersten Mal, wie sie gestanden, etwas geschockt waren.«

Ein leichtes Unbehagen erfüllte ihn, doch wollte er sie erst nach dem Yakuza fragen, wenn er bei ihr gewesen war und ein gewiss sehr teures ›Eintrittsgeld‹ entrichtet hatte.

»Du darfst gehen«, sagte sie kühl.

Er erhob sich und machte eine tiefe Verbeugung, aber sie winkte ihn nur hinaus, als wäre er ein störendes Insekt, sie war eine Herrin, vom Scheitel bis zur Sohle, der sich selbst ein allgewaltiger Boss der Yakuza unterwarf.

48.

Er blickte von der Brücke herab auf das Wasser des Flusses, und er sah eine große Puppe mit schwarzem Haar treiben. Puppen, so hatte ihm Nanako einmal gesagt, hätten in Japan eine Seele, so jedenfalls würde es die volkstümliche Überlieferung vermitteln. *Also hat sie ihr Besitzer oder ihre Besitzerin nicht einfach in einer Abfalltonne entsorgt,* dachte er, *sondern übergibt sie dem Wasser, überlässt die Puppe und ihre Seele der Natur, die das Höchste ist, was es gibt, denn der Shintoismus ist tief verwurzelt in diesem Volk.* Doch unversehens erschrak er heftig. Auch Ronja hatte ihr ›Besitzer‹ dem Wasser übergeben, aber in einer Tonne und mit Beton bedeckt!

Er starrte noch immer auf die treibende Puppe herab, aber sein Herz schlug nun sehr heftig, sein Puls raste und seine Hände umkrallten das eiserne Geländer.

Die Puppe entschwand seinen Augen, so wie auch Ronja entschwunden war.

Und eine beängstigende Leere erfüllte ihn …

49.

Zögernd schritt er dem Haus der Domina entgegen. Er gab sich ungern in ihre Hände, er wusste, was in den Studios dieser Frauen geschah, wenn sie echte Sadistinnen waren, wenn sie sich gehen ließen, sich austobten an ihren gefesselten und geknebelten Kunden, doch hatte er keine Wahl. Was aber würde sie mit ihm tun? Welche ›Spezialität‹ liebte der Yakuza-Boss, was trieb ihn, sich von einer Frau auf eine besondere Weise erniedrigen und quälen zu lassen? Pechstein musste Licht in dieses Dunkel bringen. Sicher war dieses Haus der Domina die einzige Möglichkeit, um überhaupt an ihn heranzukommen.

Sein Finger bebte, als er mit ihm die Klingel betätigte, sein Herz schlug heftig.

Sie empfing ihn selbst.

»Sehr pünktlich«, stellte sie fest, ohne sich zu verbeugen, so, wie er es tat.

Sie trug lange schwarze Stiefel, einen kurzen schwarzen Lederrock und eine Jacke aus dem gleichen Material. Sie war grell geschminkt und sie wirkte einschüchternd, wenn man wusste, dass man ihr Minuten später wehrlos ausgeliefert war.

»Komm!«, befahl sie und er folgte ihr eine Treppe hinab, die wohl zu ihren Verliesen führte.

»Hier unten ist alles schalldicht«, sagte sie, »du kannst ruhig schreien, so laut du willst. Ich mache mit dir doch, was ich will.«

Sie lachte auf und er glaubte, eine gewisse Vorfreude auf ihr neues Opfer herauszuhören, es war das Lachen einer Sadistin, die eine wahrhaftige Lust an der Qual ihrer wehrlosen Opfer empfand, die Lust, selbstherrlich die Grenze zu überschreiten, die der Kunde gewünscht hatte.

Sie betraten einen Raum, der völlig schwarz wirkte und in dem er seltsame Geräte entdeckte, die wohl zur Folter dienten, und ein Kreuz. Es war ein auf den Eintretenden bedrohlich wirkender Raum.

»Zieh dich aus«, befahl die Domina. »Und dann auf die Knie! Meine Zofe wird dich vorbereiten.«

Ohne ihn eines weiteren Blickes zu würdigen und mit einer gespielten Gelassenheit, verließ sie den Raum.

Während er die Kleidung ablegte, Stück für Stück, mit einem sehr unguten Gefühl im Magen, betrat die Zofe den Raum, die ihn mit einer gespielten kühlen Verachtung beobachtete.

Nackt und ein wenig verlegen stand er ihr gegenüber, bis der Zeigefinger ihrer Hand auf den Boden wies. Langsam ließ er sich auf die Knie fallen, wobei er die Zofe verlegen anlächelte, die aber erwiderte sein Lächeln nicht, sie blickte ihn an, als ob sie eine Kakerlake beobachtete. Wut stieg in ihm auf, die er verzweifelt zu verbergen suchte, denn er musste diese Komödie mitspielen, ob er es wollte oder nicht.

Die Zofe legte ihm ein Halsband um und zerrte ihn wie einen Hund in einen Nachbarraum, dessen Boden und Wände weiß und schwarz gefliest waren und in dessen einer Ecke ein Stuhl aus Metall mit Seitenlehnen stand, dessen

Sitz eine weiße Toilettenbrille war, unter der sich ein durchsichtiger Trichter befand, so dass er zu einem Teil der Brille wurde.

Dann geschah alles sehr rasch, als ihm auf einer Metallplatte liegend, die Arme mit zwei breiten Lederbändern eng an seinen Körper geschlossen wurden und zwei weitere Bänder seine Beine zusammenschlossen. Zwei Stahlspangen legten sich um seinen Körper, die ihn fest an den Boden pressten, eine weitere Spange legte sich um seinen Hals. Er war völlig bewegungsunfähig, da auch sein Kopf nun noch seitlich durch zwei Metallplatten zusammengepresst wurde, so dass er ihn gerade halten musste. Die Zofe schob eine Gummimaske über seinen Mund, dessen Ende sich als Trichter in seinen Mund presste, so dass er ihn, weit geöffnet, nicht mehr schließen konnte.

Pechsteins Herz begann rascher zu schlagen, da er nun wahrnahm, wie der Stuhl über seinen Kopf geschoben und die Enden seines Trichters mit der Maske verbunden wurden.

So starrte er nach oben, sah die Toilettenbrille über sich, mit offenem Mund, in den ein Trichter hineinführte, und er begriff mit einem Gefühl des Grauens, was nun geschehen konnte, ohne die Situation schon in ihrer ganzen Tragweite erfassen zu können. Deutsche Dominas nannten diese Situation Kaviarzwangsernährung, ihr Kot war der ›Kaviar‹ für ihre Kunden, das wusste er.

Dann verließ ihn die Zofe, ohne ein Wort gesprochen zu haben, so, als wäre er ein Gegenstand, der zur Benutzung vorbereitet wurde, die offenbar nicht ungewöhnlich war in diesem Raum.

Und so wartete er mit schmerzendem Mund, reglos, wehrlos, ausgeliefert. Noch nie in seinem ganzen Leben hatte er sich in solch einer schmählichen Lage befunden.

Minuten vergingen, eine Viertelstunde, ehe er vernahm,

wie die Tür geöffnet wurde und er die Geräusche hochhackiger Schuhe hörte und dann, ganz unvermittelt, klassische Musik.

Die Trägerin der Schuhe näherte sich dem Sitz und blickte durch die Toilettenbrille zu ihm herab.

»Wir gehen hier in Japan etwas härter mit unseren Sklaven um, die wir als lebende Toilette benutzen«, versicherte sie. »Du musst schnell schlucken, sonst erstickst du und ich habe dann Probleme mit deiner Entsorgung.«

Die Domina hob ihren Rock, bewusst langsam, zog den Slip nach unten und setzte sich auf die Toilettenbrille, so dass er über sich, drohend und schockierend, ihren After sah.

Ein nie vorher gespürtes Grauen erfüllte ihn, da er nun endgültig begriff, was jetzt geschehen würde. Er wollte rufen, dass sie ihn losschnallen sollte, doch er brachte nur ein Röcheln heraus, und dann vernahm er das Pfeifen einer Peitsche, die seinen Unterleib traf, sein Glied, seine Hoden und wahnsinnige Schmerzen verursachte, wieder und wieder.

Völlig starr vor Unterwürfigkeit verharrte er, als die Hiebe endlich endeten.

Der Schmerz brannte noch immer von diesen fürchterlichen Schlägen, ein rasender Schmerz.

Und die klassische Musik erklang weiter.

Die Domina zündete sich genussvoll eine Zigarette an.

»Na, dann will ich mal«, sagte sie und lachte auf. »Was nicht in dein Maul rutscht, wird mit einer schmalen Toilettenbürste nachgestopft. Es ist völlig zwecklos, wenn du dich sträubst. Ich hoffe nicht, dass ich dir die Eier zerschlagen muss, damit du schluckst. Denke immer daran, dass es eine Gnade ist, die ich dir gewähre, und diese Gnade setze ich auch durch, mit jedem Mittel und ohne Rücksicht auf die Folgen.«

Und er wusste, dass nun die grauenhaftesten Minuten seines Lebens beginnen würden, die unfassbarsten.

Er sollte sich nicht getäuscht haben.

50.

Geduscht und wieder angezogen, folgte er der Zofe in den Raum mit den zwei Ledersesseln, doch seine Knie bebten noch immer, und das Unfassbare, was er erdulden musste, konnte er nur langsam verarbeiten. Eine Frau, eine wildfremde Frau, hatte ihn als lebende Toilette benutzt, und ein Yakuza-Boss, Herr über Leben und Tod, suchte dieses ›Erlebnis‹ offenbar bewusst immer wieder, die tiefste Erniedrigung, die man erleben konnte, die allertiefste.

Vor dem Duschen hatte er sich zwar erbrochen, doch erfüllte ihn noch immer eine große Übelkeit und ihm war nun bewusst, dass er hätte tot sein können, wenn er, mit dem Gesicht unter ihrem Po liegend, von einem Erstickungsanfall überrascht worden wäre, denn nun hustete er wieder und konnte nicht mehr aufhören.

Die Domina betrat den Raum und er zwang sich, keinen Ekel zu zeigen, wollte so tun, als wären die vergangenen Minuten ein großes Erlebnis gewesen, das er wiederholen wollte, denn nur so, das ahnte er, konnte er der Domina Informationen entlocken, die ihm halfen, den Zeitpunkt des nächsten Besuches des Yakuza-Bosses zu kennen.

Sie wies vor sich auf den Fußboden, als sie sich setzte, und sofort kniete er vor ihr.

»War es etwa das erste Mal?«, wollte sie wissen.

Er nickte, wobei er versuchte, seinem Gesicht einen verlegenen Ausdruck zu geben. Sie deutete ein Lächeln an. »Es ist nur beim ersten Mal schlimm, schon beim zweiten oder dritten Besuch wird es ein Genuss werden. Du wirst süchtig danach. Du wirst ein Feinschmecker.«

»Dann kommt mein Freund oft?«

Ihr Lächeln verschwand. »Ich spreche nie über meine Kunden.« Er nickte demütig, denn nun ahnte er, was er wissen wollte. Der Yakuza kam öfters zu ihr und offenbar in der Mittagszeit, um zwölf Uhr. Nun war er dem Mörder seiner Tochter so nahe wie nie zuvor, denn in diesem gewaltigen Ameisenhaufen Tokyo hatte er eine einzelne, eine ganz bestimmte Ameise gefunden, die es nun zur Strecke zu bringen galt.

»Wann kommst du wieder?«, wollte sie wissen.

Heftig erschrak er über diesen, wirklich ernst gemeinten Vorschlag. »Ich mache eine Rundreise durch Japan«, sagte er. »Ich komme danach.«

Sie nickte, offenbar zufrieden über seine Reaktion.

»Zu mir kommen alle wieder«, versicherte sie. »Minister, Bankdirektoren, hohe Polizeidienstgrade.«

Er dachte plötzlich an diesen Chefinspektor im Präsidium, vielleicht war auch er einer ihrer Kunden, wer konnte das wissen, mehr jedoch würde sie ihm nicht verraten.

»Ich möchte nicht, dass mein Freund weiß, dass ich bei Ihnen war«, sagte er demütig.

Sie nickte wissend. »Das ist doch selbstverständlich. Die dunklen Geheimnisse im Leben müssen auch dunkle Geheimnisse bleiben. Meine Zofe bringt dich hinaus.«

»Wenn ich das wieder wünsche, was ich heute erleben durfte, wäre die Zeit wohl immer um zwölf?«, fragte er vorsichtig und sich verbeugend.

»Zumeist«, erwiderte sie, »aber für deinen Freund mache ich es auch am späten Abend. Es ginge auch bei dir.«

Unendlich froh war er über diese Information, denn nun wusste er, dass Tomohisa also auch im Dunkeln kam. Es war gut, das zu wissen, so brauchte er sich nicht am Tag auf die Lauer zu legen, wo sein Auto rasch auffallen würde. Doch benötigte er die Nachricht des Detektivs, wann Tomohisa kommen würde.

»Aber du musst dir für die Mittagszeit oder für den späten Abend grundsätzlich einen Termin geben lassen«, hörte er die Domina sagen, als er sich erhoben hatte, um sich tief vor ihr zu verbeugen.

Die Domina verneigte sich nicht, mit den kalten Augen einer Schlange schaute sie in an, als ob sie seine Gedanken lesen wollte, und ihr Gesicht wirkte dabei völlig ausdruckslos. Und wenn sie ihm eine Falle stellte? Wenn sie seinen Besuch verriet?

Dann aber dachte er an den Tod des Yakuza-Bosses, der ihn, festgeschnallt mit dem Gesicht unter einer Toilettenbrille, durch seine Kugel erreichen würde, zwischen seine Augen, und er gönnte dem Yakuza diesen schmachvollen Tod, doch war er sich auch bewusst, mit welchem Hass ihn dessen Syndikat dann jagen würde. Doch so weit wollte er die Gedanken nicht schweifen lassen, denn die eine Seite der Rache, wenn man sie wie eine Medaille sah, war die Tat selbst, die andere Seite das Entkommen. Doch war er nicht bereit, sich selbst zu opfern wie ein Samurai für seinen Herrn. Seine Herrin aber war die Vergeltung.

Er verließ das Haus der Domina.

Nun aber galt es wieder zu warten auf den Anruf des Detektivs, es konnte Tage dauern, sogar Wochen, Tage und Wochen der zermürbenden Ungeduld, die doch in jedem Augenblick beendet werden konnte. Wenn nur dieser Husten ihn nicht quälen würde, durch den er beinahe bei der Domina erstickt wäre. Ein Schauder schüttelte ihn, als er an das Erlebte zurückdachte, das ihn wohl auch in den Träumen quälen und nie loslassen würde wie ein unvergessliches Grauen.

51.

Die Türen der U-Bahn schlossen sich zischend. Er hing, da er keinen Platz fand, mit der Hand an einem Haltegriff und hatte das gleichmäßige Donnern des Zuges in den Ohren und die Musik aus schlecht sitzenden Kopfhörern. Neben ihm stand ein junger Japaner im Punk-Outfit, mit grellgrünen Stachelhaaren, der gelangweilt zur Decke starrte, als befände sich dort ein Fernseher. Ein sehr kleiner Mann, der vor Pechstein saß und den er sah, wenn er nach unten schaute, betupfte sich den kahlen Kopf mit einem Taschentuch.

Vier Mädchen in Schuluniformen hingen betont nachlässig an den senkrechten, verchromten Haltestangen. Er aber starrte wieder hinab auf den kleinen Japaner, der noch immer mit seinem kahlen Schädel beschäftigt war.

52.

Und so ruhte er auf dem Futon im Auto oder ließ sich treiben durch die Stadt, schlendernd, grübelnd, wartend auf das Vibrieren des Handys, wartend auf den Anruf des Detektivs. Sich selbst vor dem Haus der Domina auf die Lauer zu legen, wäre zu gefährlich, da die Yakuza selbst es beobachten könnte. Er fühlte sich bereit, die letzte Tat zu begehen, alles andere war ohne Bedeutung, ohne Sinn, er lebte in der Erwartung. Er lief vorbei an einem Wohnhaus, das aus übereinander gebauten und ineinander verschachtelten Kapseln bestand, in deren Stirnseite man ein großes, mit Gardinen versehenes Bullauge sah. Jede Kapsel war eine Wohneinheit, jedes Bullauge das einzige Fenster.

Und im Schatten eines Wolkenkratzerwaldes entdeckte er eine dieser typischen Yakitori-Stuben, eng wie eine Sardinendose, in der die Wände alte Speisekarten schmückten, Ansichtskarten, wilde Masken und bunte Papierdrachen, und die Rauch von Zigaretten und fröhlicher Lärm füllte, fremde Laute, die er nicht verstand. Er bestellte eine Spezialität dieser Stadt, die ihm immer vertrauter wurde mit jedem Tag, gestockte Eier mit Matsutake-Pilzen und Garnelen, einen – wie Nanako sagte – kulinarischen Höhenflug. Doch das Essen schmeckte ihm nicht.

Er fühlte sich geschützt unter all diesen Menschen, deren Worte er nicht verstand, aber von denen er sich durch seine Tarnung nicht abhob. Erst wenn er sprach, wurde er zu einem Gaijin, der nicht einer von ihnen und somit keiner ihrer Gruppen zuzuordnen war, nicht zur Gruppe der Familie, nicht zur Gruppe der Schule, nicht zur Gruppe der Firma.

53.

Unbewusst summte er das Lied von den zehn kleinen Negern, die einer nach dem anderen starben, bis nur noch einer verblieb. Vier kleine Neger waren es bei ihm und auch nur einer lebte noch, als letztes Ziel seiner Jagd. *Wenn ich ihn getötet habe,* dachte er, *kann ich auch selbst sterben.* Und er wünschte sich das Ende sogar, einen raschen Tod. Vielleicht gab ihm das Schicksal diese letzte Frist, um bei Nanako zu sein. Erfreut war er, wie schnell sie seinen Vorschlag zu einem langen gemeinsamen Tag annahm und sich von ihrer Arbeit lösen konnte.

Auf einem Sightseeing-Schiff fuhr er mit ihr auf dem Sumida-Fluss, fuhr von Meno nach Hamatsucho, sah die ›River City‹ mit vielen Sitzen von Firmen und Hochhäusern, die, so schätzte er, weit über hundert Meter hoch in den Himmel ragten.

Endlich, nachdem ihr Schiff angelegt hatte am Hinode Pier, liefen sie in Richtung Tokyo Tower, liefen in einer Röhre aus Plexiglas über all das Gewirr der Gleisanlagen und genossen eine traumhafte Sicht auf Tokyo aus einer 360-Grad-Perspektive, sahen den Hamarikyu Park mit der kaiserlichen Villa Hama und das vierzig Stockwerke hohe World Trade Center, bis die Röhre sie hinein in das Toshiba-Gebäude führte.

Ihr Spaziergang endete im Restaurant des bekannten Hotels Capital Tokyo, hier, wo einst, wie Nanako stolz berichtete, die Beatles abgestiegen wären, deren Musik sie so mochte, weil sie unvergleichlich wäre.

Sie ist traumhaft schön, dachte er, als er in ihre Mandelaugen sah, *und sie ist der Schlusspunkt meines Lebens*. Bei ihrem Anblick konnte er selbst die Rache vergessen. Und seine tote Tochter. Aber er bereute den Gedanken sofort. Er würde Ronjas Namen auf den Lippen haben, wenn er starb.

Später besuchten sie den gewaltigen Turm, den er schon kannte, den Tokyo Tower. Hoch oben blickten sie von der großen Aussichtsplattform hinab auf Tokyo, sie standen Schulter an Schulter, und er griff nach ihrer Hand und spürte, dass sie eine Zärtlichkeit in der Öffentlichkeit nicht wünschte, so zog er seine Hand zurück, denn um nichts auf der Welt wollte er die Nähe zu diesem wunderschönen Wesen gefährden. Wieder kam der Husten, und er nahm Nanakos besorgte Blicke wahr. »Es ist nichts«, sagte er rasch. »Ich lebe mit diesem Husten.« Und er hoffte, dass sie sich mit seinen Worten zufrieden gab. Der Verkehr auf den Stadtautobahnen war durch Staus nahezu zum Erliegen gekommen, endlose Autokolonnen, Stoßstange an Stoßstange, warteten auf eine Weiterfahrt.

Später, als sie noch das Wachsfigurenmuseum besuchten, ruhten seine Augen nur auf Nanako, auf ihrem Profil, auf ihrem pechschwarzen Haar. Sie war eine geheimnisvolle Schönheit, vielleicht aber war ihr Zusammensein mit ihm für sie nur ein Spiel mit einem reifen Mann, dessen Anbetung sie genoss, die sie von den Männern ihres Alters so nicht erhalten würde, die sie, wie sie meinte, sogar kindisch fand und dumm. Sie war das weiße und so rätselhafte Pferd im blauen Wald des Malers Higashiama, die auch launisch sein konnte, denn einmal, als er im Scherz nach ihrer Umhängetasche griff, entzog sie sie ihm mit einem Ausdruck des Unwillens in ihrem schönen Gesicht.

In dieser Nacht auf dem Futon kam Nanako dreimal und immer ließ sie es ihn spüren, deutlicher als jede andere Frau zuvor, wilder, mit den Nägeln ihrer Finger in seiner Haut. Noch Tage danach sah er ihre Spuren im Spiegel, als er in einem Love Hotel schlief, damit er baden konnte, im Stadtteil Hongo, in der Nähe des Schreins Yushimatenjin, in einem Zimmer mit Bildern von Geishas an den Wänden, von denen eine Nanako so ähnlich sah.

Doch als er erwachte, dachte er sofort an sein letztes Opfer, an Tomohisa, der, unangreifbar für die Polizei, sein Leben lebte, mit allen Genüssen, und der ein Herr war über Leben und Tod und den sie nicht stellen konnte, weil die Beweise fehlten. Und die Taiko-Trommel dröhnte in seinem Kopf, als würde ein wilder Trommler auf sie einhämmern, ohne Ende. Dieser Trommler aber war der Tod …

54.

Am späten Abend verschlug es ihn nach Ebisu, wo er, nach einem schier endlosen Schlendern durch halbdunkle, düstere Gässchen, auf eine rote Laterne über dem Eingang einer typischen Izakuya zusteuerte, eine winzige Bar in einem alten Holzhaus, das all dem Beton, dem Chrom, dem Glas noch nicht gewichen war, und er saß an der Theke, trank ein Sapporo-Bier nach dem anderen, ehe er dem Bahnhof entgegenwankte, um die letzte U-Bahn zu erreichen vor Mitternacht.

Und da sah er die Jugendlichen, schrill gestylt – sicher die Söhne wohlbetuchter Väter aus den Bürotürmen – die einen Penner zusammenschlugen, ihre Fäuste trafen den Mann, als wäre er ein Sandsack.

Wende dich ab!, riet eine Stimme in ihm. *Die Polizei sucht dich und die Yakuza. Willst du hier gefasst werden?*

»Ich kann nicht!«, zischte er.

Ächzend ging der Geschlagene zu Boden, ohne dass die Jugendlichen, die nun ihre Füße einsetzten, von ihm abließen. Der Mann wälzte sich stöhnend zwischen blauen Müllsäcken.

Pechstein war sich bewusst, dass er einen Fehler machte, wenn er sich einmischte, doch er konnte diese Orgie der Gewalt nicht weiter zulassen. Plötzlich war er völlig nüchtern, und er schlug in Gesichter, brach einen Kiefer, zwei Arme, und er spürte selbst einen Schlag an der Schläfe, der ihn zum Taumeln brachte. Er sah feurige Kreise vor seinen Augen, und all das Erlernte bei der GSG 9 kam wieder, schien seine Hände zu lenken, seine Fäuste, seine Füße. Er stand mitten in einem Kreis liegender Gestalten, die ächzend die Hände an Körperteile pressten, die von ihm getroffen worden waren.

Da aber sah er die Gruppe neuer Angreifer, die schwarze Lederjacken trugen und die so anders waren als seine Gegner bisher. Sie begannen einen Kreis um ihn zu bilden, in dem sie ihn lauernd gefangen hielten. Er aber war, das konnten sie nicht wissen, eine menschliche Handgranate, der man ausweichen sollte. Doch sie taten es nicht. Nun wurde es für ihn gefährlich, als er zwei Messer sah, auf deren blitzende Klingen das Licht einer Laterne fiel.

Soll Tomohisa durch sie gerettet werden?

Und er griff blitzschnell an, mit einer Härte, die ihn selbst erschreckte.

Weit in der Ferne hörte er die Sirene eines Polizeiautos.

Ich muss weg, schoss es ihm durch den Kopf. *Sie dürfen mich nicht fassen!* Sein Fuß traf die Brust eines Mannes mit der achtfachen Wucht eines Faustschlages, brach so eine Bresche in die Mauer aus Leibern.

Und er floh in das Gewirr der engen Gassen hinein, tiefer und tiefer, suchte die dunkelsten, die stillsten, damit ihn keiner auf seiner Flucht bemerkte, stolperte über Blumentöpfe und Feuerlöscher.

Da packte ihn ein Hustenanfall, hinderte ihn am Weiterlaufen, zwang ihn, sich an eine Hauswand zu lehnen und wild schnaufend zu verharren. Langsam rutschte er an ihr herab, bis er endlich neben blauen Müllsäcken lag, zwischen denen er sich rasch verbarg, um abzuwarten, bis er wieder laufen konnte.

Sechs Männer hetzten an ihm vorbei, die ihn mit Sicherheit, wenn er nicht zu Boden gegangen wäre, gestellt hätten. Gewiss waren es Männer der Yakuza, er selbst hatte sie auf seine Spur geführt, doch blieben ihm noch die restlichen

Stunden der Nacht, um ihnen zu entkommen. Aber all die Japanerinnen und Japaner in den Häuschen der engen Gassen schliefen schon, es war eine stille Welt mit wenigen Laternen, in deren Dunkel er sich nahezu unsichtbar machen konnte.

Er spürte den Husten nicht mehr, doch blieb er noch immer liegen, da eine weitere Gruppe seiner Verfolger auftauchen konnte. Sie würden, das war ihm bewusst, das gesamte Gebiet nach ihm absuchen.

Was wäre geschehen, dachte er, *wenn der Husten mitten im Kampf begonnen hätte?* Ihm hätte ein Dolch in den Rücken fahren können und, an einen Betonklotz gebunden, wäre ihm ein nasses Grab sicher gewesen. Doch er musste ihm einfach helfen, diesem wehrlosen Obdachlosen, der vom Schicksal schon genug gestraft worden war.

Vorsichtig lief er weiter, wobei er in jede neue Gasse spähte, ehe er sie betrat, einem Bahnhof entgegen, in dessen Nähe er auf den ersten Zug früh um fünf würde warten können, um dann endlich, in seinem Auto, auf dem Futon zu ruhen. Nur schlafen, schlafen, schlafen, mehr wollte er nicht, und wenn er geweckt wurde, dann nur durch einen Anruf des Detektivs.

In einem winzigen Garten vor einem Schrein, an eine Steinlaterne gelehnt, verbrachte er den Rest der Nacht, ehe er am Morgen einem blauen Kreis mit einem geschwungenen weißen M entgegenlief, einem Bahnhof der U-Bahn, und er sich in den dichten Strom der Pendler mischte, der dem Zentrum entgegenfuhr.

55.

Als er Nanako zwei Tage später besuchte und ihr dabei einen so kunstvoll gesteckten Ikebana-Strauß überreichte, fliederblau, weiß und rot und wunderschön, sah er den Spruch in großen Zeichen als Rollbild an der Wand ihres Tatami-Zimmers, den sie ihm übersetzte: »Wenn dein Schwert das deines Feindes trifft, zögere nicht, sondern greife mit der vollkommenen Entschlossenheit deines ganzen Körpers an.«

Der Spruch stamme aus dem Buch ›Fünf Ringe‹, das sie gerade lese, ließ sie ihn wissen, es wäre das Buch eines Samurai-Meisters, das die Jahrhunderte überdauert habe.

Grübelnd starrte er auf die Schriftzeichen, wobei er sich ihre englische Übersetzung wieder und wieder in das Gedächtnis zurückrief. *Man könnte glauben,* dachte er, *dass dieser Spruch nur für mich und sorgsam ausgewählt an ihrer Wand hängt, als ob sie wissen würde, was mir noch bevorsteht, und sie mich aufrichten, stärken, jede Furcht nehmen will vor meiner letzten Tat.*

Ein Schwindelgefühl, das er noch nie so heftig gespürt hatte, zwang ihn, sich auf den Boden zu setzen, und der Husten begann ihn plötzlich wieder zu quälen und blieb und erinnerte ihn wieder an seinen linken Lungenflügel, von dem ein leichtes Brennen ausging.

Ich will nicht verenden wie ein verwundetes Tier, dachte er, *ich will nur noch Tomohisa töten und ich will beim Töten sterben.*

Er spürte ihre Hand auf seinem Haar.

»Es ist ein so wahrer Spruch«, hörte er sie leise sagen. »Wer einem das Liebste tötet, den tötet man auch.«

Und er sah zu ihr auf, sah in die unergründliche, dunkle und so geheimnisvolle Tiefe ihrer Augen.

Sie ist es, dachte er, *sie ist es wirklich, sie ist die Göttin der Rache, und nur mir hat sie sich offenbart, einem Gaijin, einem Fremden in ihrem Land!*

Da beugte sich die Göttin zu ihm herab und ihre Augen, die auf ihm ruhten, wirkten warm und weich.

»Komm!«, flüsterte sie ihm leise in das Ohr. Dann lagen sie, eng umschlungen, auf dem nach ihr duftenden Futon, und er verdrängte den verrückten Gedanken, dass sie eine Göttin war, sie war nur eine von ihm angebetete Frau.

Und es war ihm wieder, als ob die Knochenhand des Todes auf seiner Schulter lag, aber wie die vertraute Hand eines Bruders, und doch schüttelte er sie mit einer wilden Bewegung ab, ehe er tiefer und tiefer in Nanako versank, in einem Rausch, der in einem endlosen und doch nur jähen Augenblick die Grenze zum Erfassbaren überschritt.

56.

Und wieder ruhte er mehrere Stunden auf dem Futon, war nicht fähig, in der Stadt herumzulaufen, lag aber, ohne schlafen zu können.

»Ronja«, schluchzte er plötzlich. Und er sah sie vor sich stehen und zu ihm aufschauen. In ihren Augen stand das Entsetzen. »Du wirst ein vierfacher Mörder sein«, stammelte sie. Und er begriff jäh, dass sie seine Taten nie gebilligt hätte, dabei wusste sie nicht einmal, dass es noch mehr Tote geben würde als in den Tagen zuvor.

Er presste das Gesicht in das Kissen, so fest er konnte – ihr Bild verschwand. Und er hämmerte mit den Fäusten auf das Kissen. »Ich kann nicht anders«, keuchte er, »Es ist ein innerer Zwang. Es ist der höchste Beweis meiner Liebe, die ich dir nie gezeigt habe.«

Dann lag er reglos.

Da vernahm er die Stimme Nanakos, wie aus dem Nichts kommend: »Sie wird dir vergeben.«

Er erstarrte und lag in einer absoluten Stille. Und genau in diesem Moment sah er ihn vor sich in weiter Ferne, diesen gewaltigen Fuji-san, sah ihn in den Himmel ragen, dessen Farbe wohl kaum ein Maler würde besser finden können, sie schien ein Gemisch zu sein aus rot und orange, wobei wohl das Orange überwog. Schmale Wolken zogen dem Berg entgegen, die sich der Farbe des Himmels anzupassen schienen, nur dass sie etwas dunkler waren. Vor diesem Himmel und vor diesem gewaltigen Berg und Sitz der Götter aber standen, wie schützende Wächter, die schwarzen Hochhäuser von Shinjuku wie ein gewaltiger Wall mit unendlich vielen glänzenden Lichtern, und zu ihren Füßen, so schien es, flammten die Neonreklamen auf den Dächern der Häuser, als wären sie ein buntes Fundament.

Vielleicht, dachte er, *sieht man eine solche Schönheit nur so intensiv, wenn man am Ende seines Lebens steht.*

Und die Taiko-Trommel dröhnte plötzlich in seinem Kopf, wild und wilder, als ob ihre Töne ihn sprengen wollten.

Da vibrierte das Handy an seinem Körper, er erstarrte, und die Trommel schwieg abrupt.

»Ich möchte Ihnen einen Treffpunkt vorschlagen«, hörte er den Detektiv sagen. »Fahren Sie mit der U-Bahn nach Shibuya. Östlich des Bahnhofs liegt die leicht ansteigende Aoyama-dori in Richtung Aoyama. Biegen Sie von ihr nach links in die Meiji-dori ein und gehen Sie einfach entlang des Miyashita-Parks in Richtung Harajuku. Ich bin dann plötzlich da. Bei diesem Treffpunkt können wir genau feststellen, ob sie Ihnen folgen. Wir sind, auch wenn Sie uns nicht wahrnehmen, immer da.«

»Gut«, sagte Pechstein. »Ich komme sofort.«

Und so folgte er den Anweisungen des Detektivs, nachdem er noch einen Blick in den Stadtplan geworfen hatte. Ihm war bewusst, dass er sehr vorsichtig sein musste, denn die Jäger konnten ihm schon dicht auf den Fersen sein, wussten aber, dass er gut bewaffnet und im Umgang mit Pistolen offenbar sehr geübt war, wenn er beim Töten immer den gleichen Schuss anwandte, zwischen die Augen.

Er trug das Schulterholster mit der Smith & Wesson, die von der Jacke seines Anzugs verborgen wurde.

Shibuya kannte er schon, seinen Bahnhof mit den bis in den dritten Stock reichenden Bahnsteigen und die vielen Love Hotels auf dem Dogenzaka-Hügel, von denen er viele schon besucht und die ihm eine geschützte Unterkunft und das Duschen gewährt hatten, wann immer er sie benötigte.

In der U-Bahn selbst konnte er keinen Verfolger entdecken, aber dann, als er zum Ausgang in Richtung Aoyama schritt, entschwand dieses kurze Gefühl der Gefahrlosigkeit, denn hinter ihm liefen einige Männer, die durchaus der Yakuza angehören konnten, besonders der eine Mann mit dem blond gefärbten Haar, der Sonnenbrille, dem grauen Anzug und dem weißgrau gestreiften Schlips, dem noch ein anderer folgte, in einer schwarzen Lederkluft und einem roten Hemd. Aber natürlich konnten es auch einfache Passanten sein, die er einfach nur in einer Schublade einordnete, die Yakuza hieß.

Als er in die Meiji-dori einbog, folgten ihm die beiden Japaner noch immer, nun aber, das wusste er, war auch der Detektiv mit seinen Männern da. Nur wo?

Der Japaner in der Lederkluft lief dicht hinter ihm, kam ihm näher und näher, so dass seine Hand zum Schulterholster glitt und schon den Griff der Waffe umspannte. Aber plötzlich fehlte ihm wieder die Luft und er griff rasch nach dem Atemspray. *Nur nicht einen Anfall, der bleibt,* dachte er entsetzt. Doch die Dosis, die er sich gab, half sofort.

Da überholte ihn der Mann und streifte ihn mit einem flüchtigen Blick, ohne dass Pechstein seine hinter den dunklen Gläsern verborgenen Augen sah. *Sie haben mich nun eingekreist,* schoss es ihm durch den Kopf. Er sah, langsam fahrend, zwei schwarze Mercedes-Limousinen mit getönten Scheiben, die ihm zu folgen schienen.

Einem dunkelblauen Mitsubishi Galant, der auf der gegenüberliegenden Straßenseite parkte, entstiegen zwei Männer in dunklen Anzügen, die Sonnenbrillen trugen und auf ihn wirkten wie in Filmen Agenten des FBI.

Einer schritt, schräg über die Straße laufend, auf ihn zu. Es war der Detektiv. Ein dritter Mann entstieg dem Auto, seine rechte Hand glitt unter das Sakko.

Der Mann in der Lederkluft entfernte sich rasch, und der Mann im grauen Anzug lief an ihm vorbei, wobei er seine Schritte beschleunigte und offenbar nur geradeaus schaute, so, als ob ihn ein Mann, der Pechstein hieß, nicht interessieren würde.

»Steigen Sie rasch in unser Auto«, sagte der Detektiv gepresst.

Die schwarzen Limousinen folgten ihnen, als sie losfuhren.

Dann begann eine Fahrt, bei der Pechstein nicht mehr wusste, wo er sich befand, er sah nur noch Häuser vorbeihuschen, die die Straßen flankierten, Wolkenkratzer, Glasfronten, bunte Werbung, Bürotürme, alles verschmolz bei dieser irrsinnigen Jagd. Der eine Mann fuhr und der Detektiv blickte zurück, mit zusammengepressten Lippen und mit einem ausdruckslosen Gesicht. Die Waffe hielt er, offenbar schon entsichert und durchgeladen, in der rechten Hand.

Dann wurde der Verkehr dichter, aber auch die Verfolger konnten, eingekeilt zwischen anderen Fahrzeugen, nicht näher herankommen.

Endlich sahen sie wieder eine Abfahrt.

Pechstein bemerkte Wolkenkratzer, viele Wolkenkratzer, und vermutete, dass sie nach Shinjuku hineinfuhren. Zuerst jagten sie durch breite Straßen, die dann später schmaler wurden.

»Die Herren haben uns verloren«, sagte der Detektiv sarkastisch. »Mit der Hauptstadt der Maulbeerbäume als Ziel haben sie wohl nicht gerechnet.«

Er spricht englisch, dachte Pechstein, *damit er mich beruhigen kann, er weiß, dass ich diesen Stadtteil kenne.*

Schweigend liefen sie in einen kleinen Park hinein, Pechstein und der Detektiv.

»Sie müssen Tokyo verlassen«, riet der Detektiv plötzlich.

»Nie!«, brauste Pechstein auf.

Beschwichtigend legte ihm der Detektiv die Hand auf die Schulter.

»Heute, um zweiundzwanzig Uhr dreißig, kommt er zur Domina, er kommt keine Minute später, er kennt die Strafen dieser Dame bei einer Verspätung. Sie müssen die Bodyguards lautlos töten«

»Ja«, sagte Pechstein gepresst.

»Das ist gut. Schießen Sie nicht vor dem Haus oder nur mit der PSS. Tomohisa selbst werden Sie ja zwischen die Augen treffen wollen, aber das kann ich in diesem Fall verstehen, durchaus. Sollten Sie die vier Männer tatsächlich getötet haben, so schließen Sie die beiden Damen in einen Raum ein. Wir selbst werden uns bemühen, den Streifenwagen abzulenken, der für das Gebiet der Domina zuständig ist. Sie müssen mit keiner Polizei rechnen. Ich weiß, dass Sie kämpfen und, wenn nötig, auch sterben werden, sterben wie ein Samurai. Ich habe nie eine größere Achtung gehabt vor einem Mann und ich hätte nie geglaubt, dass ich diese Achtung einem Fremden entgegenbringen würde. Haben Sie Ihre Waffen im Auto?«

Pechstein nickte. *Der gefährliche ›Schattenkrieger‹ wird mich wehrlos erwarten,* dachte er, *all seine Ninja-Künste nutzen ihm nichts, wenn er gefesselt ist, und ich kenne sogar den Raum, wo er liegen wird.*

»Legen Sie beide Holster mit den Waffen an!«

»Das werde ich tun«, murmelte Pechstein.

»Wir bringen Sie zu Ihrem Auto. Sammeln Sie sich dort, tun Sie so, als wenn Sie meditieren würden. Es gibt Ihrem Körper Kraft und Schnelligkeit.«

Pechstein nickte wortlos, und seine Miene blieb so ausdruckslos wie die des Detektivs, starr, als wäre sie eine Maske.

57.

Im Auto legte er die Holster an, zuerst das Hüftholster mit der PSS, dann das Schulterholster mit der Smith & Wesson, ehe er in das graue Sakko schlüpfte, das nun die Waffen verbarg. Er ging zum Friedhof Aoyama, um lange vor der Statue eines Buddhas zu verharren, und ging dann zu einer Gaststätte in der Nähe, um eine Spezialität zu essen, die er schon kannte, Yanagawa-nabe, einen Eintopf aus Schmerle, einem dem Aal verwandten Fisch, mit Ei und Gemüse, im Keramiktopf gebacken serviert. Er war nun völlig ruhig, und so startete er das Auto, um zum Haus der Domina zu fahren. Ihm grauste vor dem Höllenverkehr der Stadt, doch er wollte im Auto sitzend warten und später mit ihm entfliehen, dann, wenn alles getan war. Heute war sein Tag, heute donnerte die Trommel der Rache zum letzten Mal in seinem Kopf.

Der Glasschneider lag auf dem Beifahrersitz und auch die Sturmhaube mit den Augenschlitzen, die er verwenden wollte, wenn er im Haus war, damit ihn die Domina und ihre Zofe nicht erkannten. Ehe er die Straße der Domina erreichte, blieb er zweimal in einem Stau stecken, der sich jedoch, und das war sein großes Glück, bald auflöste.

Dann parkte er das Auto so, dass er das Haus der Domina gut im Blick hatte. Es war einundzwanzig Uhr dreißig, und eine Stunde lang würde er nun warten müssen. Wieder dachte er an die grauenvollen Minuten unter dem Po der Domina, und er spürte eine quälende Übelkeit, und doch hätte er ohne diese Minuten nicht wissen können, in welchem Zustand er Tomohisa in den Verliesen der Domina vorfinden würde. Tomohisa konnte keine Waffe ziehen, er würde wehrlos sein und einen schmählichen Tod sterben, den Tod, den er nach Pechsteins Ansicht verdient hatte.

Und so wartete er. Als es zweiundzwanzig Uhr fünfundzwanzig war, benutzte er das Atemspray, obwohl er ungestört atmen konnte, doch wollte er vorbeugen und hoffte, so einem Anfall entgehen zu können. Als er auf die Uhr schaute, war es zweiundzwanzig Uhr siebenundzwanzig. Er atmete frei und der Husten gönnte ihm eine Pause. Wenn Tomohisa die Strafe der Domina bei einer Verspätung fürchtete, musste er jetzt kommen, in jedem Augenblick.

58.

Es war zweiundzwanzig Uhr achtundzwanzig, als er eine hellgraue Mercedes-Limousine mit getönten Scheiben vor dem Haus der Domina halten sah.

Ein junger Mann in einem grauen Anzug, der einen dunklen Binder trug, entstieg ihr, schaute sich aufmerksam um und klingelte am Tor der Domina, sprach ein paar Worte in die Wechselsprechanlage und drückte die Tür dann auf. Dem Wagen entstieg ein zweiter Mann, der gleichfalls einen grauen Anzug trug, aber ein schwarzes Hemd und einen gestreiften Schlips. Sein Haar war kurz geschoren. Auch er blickte aufmerksam in alle Richtungen, um sich dann tief vor dem dritten Mann zu verbeugen, der dem Auto entstieg, ein Mann in einem dunklen Anzug und mit kurzem, eisgrauem Haar.

Pechsteins Blick wurde eisig.

Da endlich war er! Tomohisa! Der Mann, der auf der Schneide der Klinge wandelte!

Die beiden Männer liefen zur Tür und zogen sie hinter sich zu, um dann in den Schutz der Büsche einzutauchen.

Pechstein griff hastig nach der Sturmhaube und schob den Glasschneider in seine rechte Hosentasche. Ehe er ausstieg, prüfte er noch einmal den Sitz seiner PSS im Hüftholster und den der Smith & Wesson unter der Achsel.

Ganz langsam schritt er die Straße zurück, damit er dem Fahrer nicht auffiel, bog in eine kleine Nebenstraße ein und hetzte dann durch drei Gärten zum Haus der Domina. Nun erst streifte er die Hasskappe über den Kopf. Die hohe Mauer, mit Metallspitzen gespickt, erwies sich als ein übles Hindernis, doch entdeckte er eine Bambusbank, die er wie eine Leiter benutzen konnte. Ehe er das tat, wartete er auf den Yakuza, der das Haus ständig umrundete. Hinter einem Busch hockend, verharrte er, bis der Mann wieder nach vorne zum Eingangsbereich lief, dann kletterte er über die Mauer, um sich hinter einem Busch zu verbergen, neben dem hoher Bambus wuchs.

Er war im Garten der Domina, auf den Licht aus zwei Fenstern aus undurchsichtigem Glas fiel, und er sah eine einzelne Keyaki-Ulme, er sah Aralienbäume, rote und schwarze Föhren mit schlangenhaften Ästen, er sah einen kleinen Teich, in dem ein Koi nach Luft schnappte, er nahm eine Fächerpalme wahr und einen kleinen Bambuswald, in dessen klingenförmigen Blättern der Wind raschelte. Ein kleiner Weg wand sich um das Haus. So hockte er und wartete im Zirpen der Grillen, die er im Moos vermutete, bis er die Schritte des Yakuza vernahm, aber erst, als dieser ganz nahe an ihm vorbeilief, schnellte er aus dem Busch heraus, betäubte den Mann mit einem Schlag der Kante seiner rechten Hand gegen die Schläfe, so dass er nahezu lautlos zu Boden fiel, um dann dessen Kopfhaar zu packen und das Kinn und ihm mit einer ruckartigen Drehung im Uhrzeigersinn das Genick zu brechen. Sein gnadenloser Hass auf den Yakuza-Boss löschte alle Hemmungen, ließ ihn Handlungen begehen, vor denen er sonst zurückgeschreckt wäre.

Lauernd schaute er sich um.

Doch war er allein, keiner hatte ihn beobachtet. Vorsichtig zog er den Glasschneider aus der Tasche, aber erst, als er den Lärm des Verkehrs hörte, begann er zu schneiden.

Dann hielt er das Glas in beiden Händen, das er herausgeschnitten hatte, lehnte es an die Hauswand und kletterte rasch durch die Öffnung. Er stand in einem dunklen Raum, zog die PSS aus dem Holster und hielt sie mit beiden Händen, die Mündung auf die Tür gerichtet, durch die er nun tiefer in das Innere des Hauses gelangen konnte.

Behutsam drückte er mit dem Ellenbogen die Klinke nieder, um die Tür einen Spalt weit zu öffnen. Da sah er den Yakuza auf dem Flur, der ihm den Rücken zukehrte, aber blitzschnell herumfuhr, doch kam er einen Bruchteil schneller zum Schuss und der Mann sackte zu Boden, wobei sein Kopf dumpf gegen den Fuß einer Säule schlug.

Blitzschnell lief Pechstein zur Treppe, die hinab zu den Folterkellern führte. Die Zofe kam ihm auf dem Gang des Kellers entgegen, schrie leise auf, war aber sofort ruhig, als er den Zeigefinger seiner linken Hand auf seine Lippen legte und dann auf den Lauf seiner Waffe wies. Seine Handbewegung, mit der er sie aufforderte, ihn zur Domina zu führen, war unmissverständlich.

Da öffnete sich eine Tür und die Domina schaute ihn an, die überraschend kaltblütig wirkte, obwohl sie wohl ahnte, was nun geschehen würde und dass der geringste Widerstand ihren eigenen Tod bedeuten konnte. »In den Raum zurück!«, herrschte Pechstein sie an. Die beiden Frauen folgten seinem Befehl ohne Widerspruch. »Mit den Gesichtern zur Wand!«, befahl Pechstein, und er entdeckte bei seinen Worten den Toilettenstuhl und den mit dem Gesicht unter der Toilettenbrille liegenden Tomohisa, dessen Augen der Schreck weit geöffnet hatte, aber der sich nicht rühren konnte. Seinen Mund füllte noch der Kot der Domina.

Und da spürte Pechstein den Rausch wieder, den er schon kannte, nun aber in einer nahezu unfassbaren, gesteigerten Art und Weise. Sein ganzer Körper war wie elektrisiert. Unendlich langsam, jede Sekunde genießend, zog er die Haube vom Kopf und beugte sich tief zu Tomohisa hinab. Das Töten war nun verbunden mit der Vorstellung, in welch schmählicher und entwürdigender Stellung man diesen Boss der Yakuza finden würde, auf eine unfassbare Art und

Weise erniedrigt, als das lebende Klo einer Edelprostituierten und mit einer Wunde zwischen den Augen. Er nahm wahr, wie Tomohisa mit weit aufgerissenen Augen in die Pistolenmündung starrte, dann aber in Augen, deren Farbe er schon kannte, dieses so unheimlich helle Blau. Wohl eine Minute lang starrte Pechstein hinab, die ihm erschien wie eine Ewigkeit, und er glaubte das Atmen der beiden Frauen zu hören, die völlig reglos verharrten, als wären sie Skulpturen aus bekleidetem Gestein.

Erst dann krümmte sich sein Zeigefinger. Die beiden Frauen erschraken, als leise der Schuss fiel, doch sie wandten sich nicht um, und die Zofe zitterte stark, die Domina aber wirkte sehr beherrscht.

»Bleibt so stehen!«, befahl Pechstein und zog die Haube wieder über den Kopf.

Die Domina nickte sofort. »Okay«, sagte sie. »Wir wissen nicht, wer Sie sind. Sie brauchen uns nicht zu töten.« Sie weiß sehr wohl, wer ich bin, schoss es Pechstein durch den Kopf, sie hat meine Stimme erkannt, aber sie hat mit dem Tod meiner Tochter nichts zu tun, sie zu erschießen, wäre ein Verbrechen. Und so verließ er den Raum und das Haus, indem er ein Fenster auf der Rückseite öffnete und in den Garten gelangte, wobei er zuvor die Waffe in das Holster zurückschob. Beinahe lautlos zog er sich an der Mauer hinauf.

Unbemerkt konnte er zu seinem Auto zurückkehren. Noch immer trug er die Haube, aber sie war bei der Domina gewiss zwecklos gewesen, denn sie hatte ihn bestimmt erkannt und würde ihn beschreiben können. Er konnte den Fahrer des Yakuza-Bosses nicht im Wagen sehen, aber in dem Augenblick, als er die Haube vom Kopf streifte und in sein Auto stieg, stand der Mann unvermittelt am Tor des Hauses der Domina, hielt eine Pistole in der Hand und starrte ihn entgeistert an.

Pechstein riss die Waffe aus dem Hüftholster und schoss, doch der Mann ließ sich blitzschnell zur Seite fallen, wobei er gleichfalls seine Waffe abfeuerte. Eine Kugel schlug neben Pechstein ein, der hastig den Motor startete, nachdem er seine Waffe hatte in den Schoß fallen lassen, um in wilder Fahrt die Straße hinunterzujagen, der Sotobori-dori entgegen.

Später dann, auf dieser breiten Straße, wo er bemerkte, dass ihm drei Fahrzeuge folgten, nahm er nicht die Straße in Richtung Yotsuya, sondern, indem er nach rechts abbog, die Yasukuni-dori, bis er die Wolkenkratzer von Shinjuku sah. Dort, im Labyrinth der Gassen, würde er sich ihnen stellen, mit seiner russischen Waffe und mit seiner Smith & Wesson, und er würde so viele von ihnen töten, wie er nur vermochte. Er fuhr wie im Rausch, und so wollte er auch sterben, im Rausch des Kampfes, einen schnellen Tod.

Seine Handknöchel am Lenkrad traten weiß hervor, als er nach Shinjuku hineinjagte, dorthin, wo die unendlich vielen Straßen und Gassen keine Namen trugen, und er stoppte das Auto abrupt, um es rasch zu verlassen, wobei er die Waffe in seinem Schoß wieder in das Holster schob. Dann nahmen ihn die nächtlichen Gassen Shinjukus auf, wie ein vielarmiger, gieriger Krake, der jedes Wesen verschlang.

59.

Tiefer und tiefer schritt er hinein in die Gassen, die so eng waren, dass ein Auto gerade so hindurchfahren konnte, mit spitzwinkligen Kurven und scharfen Ecken. Die Häuser standen so dicht, dass ihre Wände sich beinahe berührten.

Noch wusste er nicht, wie nahe sie ihm schon folgten,

doch sie konnten ihm auch entgegenkommen, um ihm den Fluchtweg abzuschneiden.

Winzige kleine Häuschen, auf engstem Raum, reihten sich links und rechts der Straße aneinander, dann zweistöckige Apartmenthäuser, Geschäfte, die geöffnet hatten und auch nachts nicht schließen würden, Tabaklädchen, Restaurants. Gesichter nahm er wahr, Menschen, die er, allerdings ohne Absicht, anrempelte.

Er bog in eine sehr schmale Gasse ein, die in einem bedrohlichen Halbdunkel vor ihm lag und in der nur eine einzelne Laterne brannte. Die hohen Häuser standen so eng, dass ein Mann mit ausgebreiteten Armen die Häuserwände erreichen konnte.

Und da, im gelblichen Licht einer Laterne, sah er die Gestalten am Beginn der Straße, von denen der eine, es war der Fahrer des Yakuza-Bosses, aufgeregt zu ihm hin wies. Blitzschnell zog er die Smith & Wesson aus dem Holster, entsicherte sie noch beim Ziehen und schoss sofort, wobei er den Griff der Waffe auf die geöffnete Fläche der linken Hand legte. Er hielt die Waffe so ruhig wie auf dem Schießstand, so, als wenn er auf Scheiben zielte, schoss dreimal hintereinander und sah die lebenden Scheiben fallen.

Er hetzte den Toten entgegen, sprang über sie hinweg und bog nach rechts in eine enge Gasse ein, um vorbeizulaufen an Menschen mit erschrockenen Gesichtern und dann in den Schutz einer Gasse einzutauchen, die er nun, aber weit vorsichtiger, betrat, sie aber doch passieren konnte, ohne auf Verfolger gestoßen zu sein. Mit Sicherheit würden die Yakuza über ihre Handys sich nun auf das Gebiet konzentrieren, das er jetzt durchlief. Sie würden nun nur vorsichtiger sein, da er ja schon mehrere ihrer Männer getötet hatte.

Wieder lag eine Gasse vor ihm, in der nur eine einzelne Laterne brannte und die er rasch mit den Augen absuchte. Die Stille, die ihn hier umgab, war bedrückend, und die

Hauswände wirkten nahezu schwarz, denn die Bewohner schliefen längst. Er fühlte sich wie in einem Albtraum, der nicht enden wollte.

Vorsichtig, die Waffe mit beiden Händen haltend, so dass ihr Lauf nach vorne wies, lief er weiter, wobei er sich immer wieder sichernd umwandte.

Mit einem Mal war die Schwäche wieder da, die Waffe zitterte in seiner Hand und er rang keuchend nach Luft. Sehr langsam, mit dem Rücken an einer Hauswand und neben Müllsäcken, glitt er zu Boden, saß und versuchte zu lauschen. *Ich muss weiter,* dachte er. Aber die Schwäche wollte nicht enden, es war ein Gefühl, das er in dieser Stärke noch nicht empfunden zu haben glaubte, und er spürte den Schweiß an seinem gesamten Körper.

Er wusste nicht, wie lange er so gesessen hatte, ehe er sich, leise ächzend, erhob.

60.

Und er nahm zwei Gestalten hinter sich wahr, zwei Männer in grauen Anzügen, mit offen getragenen Hemden. Wenn die zwei Männer nun Japaner waren, die sich zufällig zur falschen Zeit am falschen Ort aufhielten? Ein Schauder rann ihm über den Rücken, denn er durfte nicht wahllos töten, er wollte weg von hier, doch sein Auto stand irgendwo in diesem endlosen Labyrinth aus Gassen, wo er es nicht wieder entdecken würde.

Wenn er nun aber die Hauptverkehrsstraßen erreichte, etwa die Shinjuku-dori, die Yasukui-dori oder die Meiji-dori, würde er im Gewühl der Menschen, in diesem immer währendem Strom, geschützt sein, das wusste er, also musste er ihnen entgegenlaufen. Er spürte den Schweiß unter seinen Achselhöhlen und noch immer das Gefühl der Schwäche, das ihm Angst machte und die Füße zu Klötzen aus Blei.

Endlich lag sie vor ihm, die Shinjuku-dori. An einer Ampel hatte sich eine große Menschentraube gebildet, so dass viele Passanten bereits auf der Straße standen und er in dieses Gewimmel eintauchen konnte.

Weiter und weiter schritt er, nun langsam, da er im Gewühl nicht so rasch vorankam, lief vorbei an Pachinko-Hallen, an Spielhöllen, an Kneipen, an Cafés, an Imbissbuden, an Peep-Shows, an Restaurants, an Massagesalons, an Optikern, an Chinarestaurants, an Tanzbars, an Mahjongg-Spelunken, an Clubs. Aber er nahm alles nur aus den Augenwinkeln wahr.

Wo waren seine Verfolger?

Oder tauchten sie plötzlich vor ihm auf?

Sollte er etwa hier auf sie schießen, in dieser Menge? Nein!

Aber gewiss würden die Yakuza auch nicht schießen, vielleicht Kurzschwerter benutzen oder Dolche? Wahre Meister sollten sie ja sein mit beiden Waffen.

Er schob Männer zur Seite, Pärchen, Frauen, und er atmete ihn ein, den Geruch von Alkohol, Essen, Schweiß, und den Duft von Parfüm. All diese Gerüche waren es, die den eigentümlichen Geruch dieses Stadtteils ergaben, den er schon kannte von vielen Streifzügen auf seiner Suche nach Ronja.

Ein Mann mit blutunterlaufenen Augen, dessen rechte Wange wohl durch einen Faustschlag gezeichnet war, rempelte ihn an, verbeugte sich aber, eine Entschuldigung stammelnd, sofort. Immer wieder musterte er rasch die ihm folgenden Menschen und versuchte, auch die weiter hinter ihm laufenden in seine Prüfung einzubeziehen.

Er lief die eisernen Stufen zu einer Fußgängerüberführung hinauf, tauchte ein in das sich verzweigende stählerne Netzwerk, auf dem man vor dem Verkehr der Straße sicher war.

Dort, wo er die stählernen Stufen der Überführung wieder hinabsteigen wollte, entdeckte er zwei Männer, die zu beiden Seiten am Geländer standen und die allen sie passierenden Menschen in die Gesichter starrten. Beide trugen das Haar sehr kurz geschnitten. *Sie sind es,* schoss es ihm durch den Kopf und er wandte sich um, lief zurück, tauchte ein in das stählerne Netzwerk, das ihm nun auch Schutz bot mit seinen Verzweigungen und hinabführenden Stufen.

Sie wollen mich lebend, schoss es ihm plötzlich durch den Kopf, *sie wollen mich langsam töten, unendlich langsam, mein Sterben soll für sie ein Fest werden, ein Fest der Qualen, ein Fest der tausend Tode, und die wichtigsten Männer der Familie wollen zusehen bei meinem Sterben, das Tage währen soll, deshalb lebe ich noch, aber zappele schon in ihrem Netz, dem ich nicht entkommen kann.* Ein Gefühl der Angst schnürte ihm die Kehle zu. War die Flucht nach Shinjuku ein Fehler gewesen? Sollte er zurückkehren zum Friedhof Aoyama? Dort würden sie ihn wohl kaum suchen, und er konnte sich selbst den Tod geben, ohne Hast. Wie aber gelangte er dorthin?

Eingekeilt im Strom der Leiber trieb er weiter, wobei er sich umschaute nach Verfolgern. Dicht hinter ihm sah er einen jungen Mann mit einer roten Lederjacke und einer Goldkette um den Hals, und unwillkürlich griff er nach der Waffe unter der linken Schulter, doch zog er die Hand wieder zurück. Dann wieder schien ihm ein Japaner verdächtig, der einen grauen Anzug trug, ein blaues Hemd und einen dunkelblauen Binder, aber dessen sehr kurz geschorenes Haar nicht zu diesem seriös wirkenden Auftritt passen wollte.

Und auch der Mann in der roten Lederjacke blieb dicht hinter ihm. Wenn ihn die beiden Männer packten, in ein

Auto stießen, mit ihm davonrasten, damit er in einem Folterkeller enden würde, vor vielen Augen, vor Menschen, die Rache wollten, vor der Familie des Toten, deren Boss er gewesen war? Sein Herz schlug heftig, und eine ihm bisher ungekannte starke Erregung schien ihm die Kehle zupressen zu wollen, und er begriff, dass es die Angst war, die Angst vor dem Ausgeliefertsein, gefesselt, wehrlos, in den Händen kaltblütiger und gnadenloser Killer.

Wieder wandte er sich um. Der Mann in der roten Lederjacke war nun nur noch durch zwei sehr junge Mädchen von ihm getrennt, die lachend und schwatzend und krummbeinig beinahe seinen Rücken berührten. Auch der Mann im grauen Anzug schien sich zu nähern, wobei er offenbar geflissentlich vermied, zu ihm zu schauen.

Waren sie es?

Sah er Gespenster in seiner überhitzten Fantasie? Waren beide nur harmlose Passanten? Ein Auto bremste jäh am Rand des Bürgersteiges, so dass er zusammenzuckte, und seine Hand schnellte wieder zum Griff der Waffe. Doch die Menge trieb ihn weiter, an diesem Auto vorbei, einem silbergrauen Mercedes mit getönten Scheiben.

Er durfte nur nicht lebend in ihre Hände fallen, aber das bedeutete in jedem Fall, dass er die Waffe selbst an seine Schläfe setzen musste, um sich den Tod zu geben.

Es schauderte ihn einen Augenblick lang, aber gab es eine andere Möglichkeit? Plötzlich, als er sich umwandte, blickte er direkt in die Augen des Mannes in der roten Lederjacke, es war das kalte Gesicht eines Killers, so jedenfalls erschien es ihm. Blitzschnell versetzte er dem Verfolger einen Leberhaken, der ihn sofort ächzend zu Boden gehen ließ.

Dann sah er die grüne Ampel, hetzte über die Straße, bahnte sich wild den Weg durch die wogende Menge, weiter und weiter, lief hinein in Gassen, die zum Teil nur durch wenige Laternen beleuchtet waren, hörte eilige Schritte hinter sich. Auf den Fersen waren sie ihm also, hatten ihn nicht verloren! Er stieß mit einem Mann zusammen, der sich verbeugte und entschuldigte, obwohl er keine Schuld trug an dem Zusammenprall.

Er hetzte hinein in eine abbiegende Gasse, folgte ihr, bog in eine neue ein und glaubte noch immer rasche Schritte zu hören.

Dann stand er in einem dunklen Innenhof, der gebildet wurde durch vier hohe Wohnhäuser, deren eiserne Aufgänge wie schwarze Skelette wirkten. Kaum fiel Licht in diesen düsteren Ort.

Da waren Schritte!

Sie kamen!

Es waren drei Männer, und der Mann in der roten Lederjacke war dabei.

Eng presste er sich hinter ein stählernes Geländer, hörte ihr Flüstern, sah ihre Bewegungen, noch hatten sie ihn nicht entdeckt. Rasch griff er nach der Smith & Wesson im Schulterholster, doch wollte er die Waffe erst einsetzen, wenn sie ihn entdeckten.

Sie waren allein, er und die drei Männer der Yakuza.

Schwarz stand der Himmel über ihm, der nur aus einem Viereck bestand, das die Häuser schufen. Kein Stern glänzte am Himmel, und die Sichel des Mondes sah er nicht.

Leise Schritte näherten sich seinem Versteck. Nun hielt er die Waffe mit beiden Händen, die nicht zitterten, die völlig ruhig waren. Da begann er zu husten, und er sah die rote Lederjacke und dahinter noch einen Mann. Plötzlich, aber nur kurz, fiel etwas Licht auf den Hof, und er bemerkte den dritten Mann, der auf der gegenüberliegenden Stahltreppe stand.

Alles geschah im nächsten Augenblick, so unvorstellbar rasch, er feuerte auf die rote Lederjacke und er feuerte auf den zweiten Mann und dann wollte er auf den dritten feuern, der aber, er sah es genau, da ein Lichtstrahl auf ihn fiel, als eine Wohnung hinter ihm beleuchtet wurde, lag auf den Stufen der Treppe, tot. Das Echo der Schüsse verhallte zwischen den Häusern, Lichter gingen an. Rasch stürzte er aus diesem verräterischen Hof hinaus. Aber die drei Männer, das sah er noch, waren unzweifelhaft tot, und so hatte er, jedenfalls in diesem Augenblick, seine Spur verwischt.

Keuchend rannte er die Straße hinauf.

Wer hat den dritten Mann erschossen, dachte er immer wieder.

In weiter Ferne hörte er die Sirene eines Polizeiautos.

Nun hatte er sie alle aufgeschreckt, die gesamte Yakuza-Familie, aber auch die Polizei.

Wie lange konnte er dieser doppelten Verfolgung entgehen? Es war wohl nur eine Frage der Zeit, bis er den Männern der Yakuza oder der Polizei in die Hände fiel, für die er ein Serienkiller war. Er war rettungslos verloren.

Auf dem Friedhof, dachte er, erwarten sie mich nicht, auf dem Friedhof Aoyama, dort, zwischen den Grabstätten und Statuen, konnte er sich den Lauf der PSS an die Schläfe setzen, dort fand er die Ruhe zum Sterben und an einem würdigen Ort. Wie aber sollte er dorthin gelangen? Mit Sicherheit erwarteten sie ihn, wenn er den Bahnhof betreten wollte, denn sie waren nun gewiss schon überall.

Und plötzlich sah er das Taxi und das rote Leuchtschild hinter der Windschutzscheibe: Es war frei! In dieser Situation, in der er sich jetzt befand, war es wie ein Sechser im Lotto, denn Taxen waren rar um diese Zeit und jeder Fahrgast zahlte einen hohen Aufpreis, einen sehr hohen.

»Aoyama Bochi«, keuchte er.

Der Fahrer nickte mit reglosem Gesicht, ein junger Mann mit vollem, schwarzem Haar, und er fuhr, als wäre er ein Todesfahrer, ein Kamikaze-Mann der Straße. *Er hat nicht gelächelt,* dachte Pechstein. Konnte das Taxi eine Falle sein?

Wenn es ein Mann war, der für die Yakuza arbeitete, in ihrem Auftrag, ja, sogar selbst ein Yakuza war?

Pechstein sah die bunten Lichter an sich vorbeifliegen, die Lichter Shinjukus, und er sehnte sich nach der Ruhe des Friedhofes, der nun zum Endpunkt seines Lebens würde. *Wenn ich ihn überhaupt erreiche,* dachte er bitter. Das Schweigen im Taxi war quälend und ließ sein Herz rascher schlagen.

Endlich hielt das Fahrzeug. Nun, als er es verlassen hatte, atmete er wieder ruhig und vorsichtig, immer wieder verharrend, um sich blitzschnell umzuwenden, näherte er sich auf Umwegen dem Friedhof, dem selbst gewählten Ort seines Todes …

61.

Vorsichtig bewegte er sich zwischen viereckigen steinernen Grabanlagen, schmalen, mit Schriftzeichen versehenen Grabsteinen und steinernen Laternen, auf die das fahle Licht der Mondsichel fiel.

Eine irrsinnige Ruhe umgab ihn, und seine Hand ruhte plötzlich auf dem Haupt eines Buddhas, der wirkte, als wäre er beim Meditieren zu Stein erstarrt. Der Stein aber tat seiner Seele gut, es war ein seltsames Gefühl, das ihn erfüllte, ein Gefühl, das er sich nicht erklären konnte.

Wollte er selbst etwa die Hilfe Buddhas erbitten oder bot sich dieser ihm selber dar? *Aber es gibt doch keine Götter,* dachte er abwehrend. Wer aber wusste das wirklich? Doch wer an die Götter glaubte, fühlte sich beschützt, das hatte er oft genug in Tokyo wahrgenommen und war tief beeindruckt gewesen. Er dachte unvermittelt an die Frauen und Männer, die den schweren Schrein auf ihren Schultern durch die Straßen trugen, an die Begeisterung in ihren Gesichtern. Gewiss starb es sich auch leichter, freier, wenn man diesen Glauben besaß, und in einer gewissen Weise beneidete er diese Menschen auch.

Er verharrte vor einem mit weißlichen Steinplatten eingefassten Viereck, das man aufgefüllt hatte mit grobem, dunklem Kies. Nicht ganz mannshoch sah er in der Mitte die Nachbildung eines indischen Stupa und dahinter einen kantigen und dreistufigen Marmorstein mit einer buddhistischen Inschrift, die wohl der Familie galt, die hier ruhte.

Es fröstelte ihn kurz.

Es war ihm, als hätte der Tod wieder die Hand auf seine Schulter gelegt, nicht fordernd, nein, aber erinnernd.

Er schaute auf die langstieligen weißen Blumen herab, die vor dem Grabstein in einer Vase standen, weiß wie Leichentücher im Licht des Mondes.

Er war bereit.

Er spürte die Verklärung des Todes, so wie ein Kamikazeflieger sie gespürt haben musste, wenn er für seinen Tenno starb, ohne Angst.

Langsam zog er die PSS aus dem Holster, lehnte sich sitzend an einen steinernen Buddha und hielt die Mündung der Waffe an seine Schläfe. Tief atmete er durch, denn nun würde er selbst den Tod herbeirufen wie einen helfenden Bruder, eng an einen Buddha gepresst.

Da aber erschrak er, denn er fürchtete plötzlich den Moment, wenn er den Schuss auslösen, wenn sein Finger sich krümmen musste.

Ich habe Angst, dachte er verblüfft, *ich schaffe es nicht, ich fürchte mich plötzlich vor diesem einen winzigen Augenblick des Schmerzes!* Er bebte am ganzen Körper, diese Situation hatte er nicht erwartet.

»Sei kein Feigling!«, sprach er zu sich, immer wieder.

Doch sein Finger am Abzug krümmte sich nicht. Er spürte den leichten Druck der Mündung an seiner Schläfe, aber sein Finger blieb starr, als wäre er aus Eisen.

»Tu es!«, rief er sich zu.

Doch er konnte es nicht.

Auf dem Kopf eines kleinen Buddhas, nur wenige Meter von ihm entfernt, saß ein Rabe und blickte aufmerksam zu ihm hin. *Wie ein Totenvogel,* dachte er, *der jede meiner Bewegungen überwacht.*

62.

Unversehens hörte er das Handy, und er vernahm, als er sich meldete, die Stimme des Detektivs, die zum ersten Mal erregt klang. »Sie haben es getan! Sie haben ihn tatsächlich getötet! Es ist unfassbar! Und Sie leben noch immer, haben die erste Welle des Clans abgewehrt und die besten ihrer Männer getötet. Sie haben einen Boss der Yakuza getötet und das bedeutet, dass sich die Bosse aller anderen Syndikate mit dem betroffenen Clan solidarisieren werden. Die ganze Yakuza Tokyos jagt Sie, aber auch die Morddezernate der Direktion Shinjuku und des Präsidiums. Die Domina hat Sie wohl genau beschrieben. Wo sind Sie?«

»Auf dem Friedhof.«

»Ich bringe Sie aus Tokyo heraus. Sie selbst könnten im Taxi keine Hochstraße mehr passieren. Ist die Yakuza Ihnen im Augenblick auf den Fersen?«

»Nein. Es scheint alles ruhig.«

»Vermeiden Sie jedes überflüssige Geräusch. Sehen Sie einen Obelisk, der alle anderen Grabsteine überragt?«

»Ich sehe ihn.«

»Dorthin werde ich kommen, so schnell ich kann. Sollten sie den Friedhof bis dahin umstellt haben, schießen wir uns den Weg frei.«

»Aber wo wollen Sie mich hinbringen, wenn eine Großfahndung anlaufen wird?«

»Es wird eine Zuflucht für Sie geben, für Ihren Körper und für Ihren Geist. Sie werden den Frieden finden und Sie werden in Würde sterben können. Wir beide fahren alleine zu diesem Ort, nur Sie und ich. Keiner sonst wird diese Zuflucht kennen.«

Ein Verdacht stieg in Pechstein auf, ein unfassbarer Verdacht.

»Ich komme jetzt«, beendete der Detektiv abrupt das Gespräch.

Pechstein starrte auf das Handy, ehe er den Kopf wieder hob.

Er sah den Obelisk, und mit müden Schritten ging er auf ihn zu, immer wieder verharrend, um zu lauschen. Doch ihn umgab nur die Stille, die Stille der Toten in der Tiefe und die Stille der Grabsteine, die ihm Schutz gewährten, ihn umgab der ewige Schlaf.

Nahe am Obelisk setzte er sich mit dem Rücken an einen Buddha und er glaubte zu verspüren, wie sich dessen Ruhe auf ihn übertrug, denn sein Körper bebte nicht mehr. War Buddha bei ihm, ohne dass er ihn bitten musste? Beinahe zärtlich streichelte er den Lauf seiner Waffe. Ihr hatte er sein Leben zu verdanken, ihr allein, denn sie hatte nicht versagt, sie hatte ruhig in seiner Hand gelegen, so wie auf dem Schießstand, und sie hatte immer getroffen, schon beim ersten Schuss. Er hatte Männer getötet wie in einem Rausch, und er war unversehrt geblieben. Nur ein Geschoss war ihm sehr nahe gekommen. Nun jedoch fehlte ihm plötzlich der Mut, sich selbst zu töten.

Wolken schoben sich vor den Mond. Doch war es gut, dass es nun eine so dunkle Nacht war. *Und wenn mich der Taxifahrer verrät,* dachte er, *diesen Friedhof können sie umzingeln, und das Mündungsfeuer meiner Waffe wird meinen Standort verraten.*

Er verdrängte diese Gedanken wieder.

Er zog die Brauen zusammen, mit einem raschen Ruck.

Nun lauschte er mit angehaltenem Atem.

War da ein Geräusch?

Waren da Schritte?

Er ging in die Hocke und hielt die Waffe wieder mit beiden Händen. Seine Zunge klebte am Gaumen. Die ersten, die kommen würden, konnte er noch auslöschen. Aber würden sie es wagen, ihn auf einem Friedhof zu töten, dort, wo auch ihre Götter waren, wenn er an die vielen kleinen Statuen dachte? Sie vertrauten diesen Göttern, sie würden ihre Ruhe nicht zu stören wagen, sie würden lieber warten, bis er den Friedhof verließ. *Aber sie wollen mich ja lebend,* schoss es ihm wieder durch den Kopf.

Wieder war es ihm, als habe er vorsichtige Schritte vernommen.

Also kamen sie doch?

Kamen sie, bevor ihn der Detektiv geholt hatte?

Waren sie schneller als er?

Kamen die Schritte näher?

Er hielt den Lauf der Waffe in die Richtung der leisen Geräusche gerichtet, die er vernommen zu haben glaubte.

Doch sie kamen nicht, und so setzte er sich wieder auf den Boden. Nun atmete er langsam und ruhig. Den Schlaf der Toten in der Tiefe störte kein Geräusch, keine Schritte, kein schwarzer Vogel. Irgendwann aber kam die Dunkelheit über ihn, die man Schlaf nannte.

63.

Wahrscheinlich musste er im Schlaf von ihnen überrascht worden sein, ohne Zweifel, dann, als er nicht auf sie schießen konnte. Er sah ihre Gesichter wie durch einen Nebelschleier, er sah sie auf Sitzkissen hocken und zu ihm aufschauen, zu ihm, der an Ketten hing im Raum, so dass er wie ein großer Vogel, mit ausgebreiteten Armen und Beinen, ihnen entgegenschwebte. Herrgott, wie dumm war er gewesen! Eine unbeschreibliche Kälte durchströmte ihn. Seltsamerweise aber spürte er keinen Schmerz, denn die Folter musste längst begonnen haben, aber vielleicht warteten sie nur, bis seine Sinne wieder jede neue Verletzung wahrnehmen würden, vielleicht waren es die Augenblicke einer Pause in einem Prozess, der Tage währen würde. Es grauste ihn, denn diese Männer waren grausame Folterer.

Schweigend blickten ihn die Männer an, mit ihren harten, dunklen Augen und ihre Gesichter wirkten reglos, als wären sie versteinert. So hatte er nie enden wollen, wehrlos, hilflos, ihnen ausgeliefert, wie ein Tier, das man schlachtete, auf eine sehr langsame Art und Weise.

Plötzlich sprangen die Männer auf, im gleichen Augenblick, um sich vor einem Japaner im dunklen Anzug tief zu verneigen, der die Haare sehr kurz geschnitten trug und doch, unverkennbar, der Sohn seines toten Vaters. Dieser Mann trat zu ihm heran, griff in seine Haare und riss seinen Kopf näher an sich heran.

»Gaijin!«, zischte er. »Du wirst so sterben, wie noch nie zuvor ein Mann gestorben ist.«

Pechstein spürte sein Herz heftiger schlagen und seine Zunge wie einen Klumpen aus Fleisch in seinem Mund, so dass er nur noch lallen konnte. Er wusste nicht, was mit seiner Zunge schon geschehen war, die Minuten, die zurücklagen, schienen völlig aus seiner Erinnerung gelöscht.

»Du erträgst viel, habe ich gehört«, zischte dieser nun wohl neue Boss der Familie. »Aber du weißt noch nicht, was dir alles bevorsteht.« Dann trat er wieder zurück, setzte sich, um die Hand zu heben.

Doch Pechstein vermochte nicht zu schreien, auch als eine glühende Nadel sich seinem rechten Auge näherte, bäumte er sich nur auf, denn die Ketten hielten ihn schwebend im Raum.

Siebter Teil

64.

Da erwachte er, nun aber unvermittelt angekommen in der Wirklichkeit, mit schweißnasser Stirn und bebenden Lippen. *Es ist nur ein Traum gewesen,* schoss es ihm durch den Kopf, *noch immer bin ich auf dem Friedhof Aoyama, noch immer im Schutz all der Grabsteine, zwischen denen mich niemand wahrnehmen kann, wenn ich reglos verharre.*

Und jählings dachte er an die Worte des Detektivs, der also glaubte, eine Ringfahndung durchbrechen zu können, eine Ringfahndung der wohl besten Polizei der Welt …

Er ist kein Detektiv – er wusste es plötzlich – er ist selbst ein Polizist, der jede Sperre passieren kann! Und sein Dienstgrad ist sehr hoch! Nun aber schien es ihm, als wäre ein Damm gebrochen in seinem Gehirn und er konnte die Flut der Fragen und der Antworten nicht mehr aufhalten, die in seinem Unterbewusstsein wohl schon dagewesen, aber von ihm bewusst verdrängt worden waren, da sie ihn störten auf dem Weg der Rache. Und jede dieser Fragen löste die nächste aus. War er nur eine Figur auf einem mysteriösen Schachbrett, in einem Spiel, gesteuert von Mitgliedern außerhalb der Legalität operierender Angehöriger der Tokyoter Polizei, die ja durch die deutsche Botschaft erfahren hatte, dass er zu ihnen kommen würde und so alles über ihn zuvor ermitteln konnte, was sie wissen wollte? Er war für sie der beste Mann, ein Polizist wie sie, aber ein gnadenloser Rächer, ohne jede Furcht auf dem Weg der Vergeltung, den sie selbst nie so würden gehen dürfen, weil die Vorschriften es ihnen verboten. So war er ihre mit einem grenzenlosen Hass versehene Dame geworden, die den gegnerischen König gefällt hatte, diesen Boss eines Yakuza-Clans, der durch sie nicht anders zu fassen war.

Sie hatten Tomohisa bewusst herausgefordert, als sie mit den Fotos Ronjas fahndeten, damit sie ihn zum Handeln zwangen und somit zugleich zum Eingeständnis seiner Schuld, die sie ihm nicht beweisen konnten!

Sie hatten ihren deutschen Ninja immer unauffällig geschützt, damit das ›Spiel‹ seinen richtigen, seinen tödlichen Verlauf nahm, damit der feindliche König fiel, nur so hatte er, unter ihrer Beobachtung und durch sie gelenkt – er, der nichts mehr zu verlieren hatte – seine Rache durchführen können!

Der Besuch in Osaka war auch ein wohldurchdachter Schachzug gewesen, denn wie hätte ein Privatdetektiv, der nicht einmal eine Anzahlung verlangt und ihm seinen Namen genannt hatte, wohl sonst die neue Identität eines Aussteigers aus der Yakuza kennen können?

Die drei Mörder und ihr Boss waren Yakuza, die seine geheimnisvollen Beschützer schon lange tot sehen wollten, aber nie die Erlaubnis bekommen hätten zu einer legalen tödlichen Aktion. Eiskalt lief ihm ein Schauder über den Rücken, da er begriff, dass er ihnen blind vertraut hatte, denn wäre nicht jeder von ihm getötet worden, den sie ihm genannt hätten?

War selbst der ›Seher‹ eine Schachfigur gewesen, ein Prophet, der ihm gezielt Mut machen sollte?

Hatten sie Tage zuvor bemerkt, dass er den ›Seher‹ beobachtete und ihn wohl bald aufsuchen wollte und ihm diese Weissagung in den Mund gelegt oder ihn gar durch einen ihrer Männer ausgetauscht? Und hatten sie nicht sogar die Gespräche der Domina abgehört und ihn so Tomohisas Ankunftszeit wissen lassen, auf die Minute genau? War diese junge japanische Frau, die sich Nanako nannte, keine ›Göttin‹, sondern ein ›Springer‹ in diesem Spiel, damit sie durch sie wussten, wie er das Töten verkraftete und wo er sich aufhielt, wenn sie ihn einmal verlieren würden?

War kalkuliert worden, dass sie ihn anzog wie der Honig den Bären, eine Frau, die eine Absolventin der Polizeiakademie sein konnte im Rang eines Oberkommissars? War die Keisatsucho ihr Arbeitgeber – das japanische FBI? Trug sie eine kurzläufige und geladene Waffe in ihrer Umhängetasche, die sie ja, das wurde ihm nun bewusst, immer so sorgsam von ihm ferngehalten hatte, damit er sie nicht berühren konnte? Sie war ein Engel des Todes! Sie wollte Tomohisas Kopf. Er war der Mörder ihres Vaters. Aber sie durfte ihn selbst nicht töten. Hatte sie ihn nicht so sanft, aber sehr wirkungsvoll, wieder und wieder ermutigt und belohnt für seine Taten mit ihrer Zuwendung und ihrem Körper? War ihr Vater tatsächlich durch die Yakuza getötet worden? Hätte er es nicht ahnen können, als er ›sein‹ weißes Pferd in ihrem Zimmer sah? Da waren sie zu weit gegangen.

Sie, seine geheimnisvollen Helfer, waren die Richter und er ihr Henker, der die von ihnen gewünschten tödlichen Urteile vollzog! Hatten sie einen Peilsender angebracht an seinem Auto und konnten so auch seine Flucht nach der Tötung Tomohisas exakt verfolgen? Hatten sie deshalb den Mann auf der Treppe getötet, mit einer schallgedämpften Waffe?

Würden sie ihn nun auslöschen wollen wie eine Kerze, die nicht mehr benötigt wurde, da die Dunkelheit gewichen war, und widersetzte sich aber der Detektiv diesem Plan, auch gegen ihren Willen, ein Mann, den sie einfach respektieren mussten?

Ein langer Schauder schüttelte ihn, denn alle diese Fragen führten ihn zugleich auch in einen Irrgarten, so verzweigt wie die unendlich vielen namenlosen Gassen dieser gewaltigen Stadt. Doch wollte er nun Gewissheit, und unversehens ahnte er, wie er sie erlangen konnte.

Seine Finger griffen nach dem Handy und gaben die Zahlen ein, die er so genau kannte. Dann hielt er in der linken Hand das Handy und in der rechten die Waffe.

»Bin ich froh, dass du dich meldest, Lieber«, hörte er – noch ehe er selbst gesprochen hatte – die Stimme der Frau, die sich Nanako nannte, so, als ob sie nur auf seinen Anruf gewartet hätte und keinen anderen, als ob ihr Handy ausschließlich reserviert war für ihn allein, besonders jetzt, in den Minuten vor seinem Tod.

»Für welche geheime Spezialeinheit auch immer du arbeitest«, stellte er leise fest, »du hast mich in ihrem Auftrag benutzt!«

Aber die Worte brannten wie ein Schmerz in seiner Brust, ein bohrender Schmerz, und dieser elende trockene Husten war wieder da, jetzt, wo er für ihn tödlich sein konnte.

Sie schwieg, offenbar verblüfft und wohl auch erschrocken über sein plötzliches Wissen, aber ihr Schweigen empfand er als Geständnis, und seine Hand, die das Handy hielt, begann zu zittern, nun, da er die Wahrheit wusste. »Liebster!«, hörte er sie dann rufen und es klang wie ein verzweifelter Aufschrei, aber ihre weiteren Worte vernahm er schon nicht mehr, denn ein anderes Geräusch, das Geräusch leiser Schritte, drang in seine Ohren. Das Handy glitt aus seiner Hand.

Sie kamen!

Sie waren da!

Der Schmerz, der in ihm aufgestiegen war, schien abrupt gewichen zu sein, seine Hand zitterte nicht mehr. Jeder Schuss musste ein Treffer werden, denn sie wussten ja nicht, hinter welchem Grabstein er lauerte, dieses fehlende Wissen aber würde einige von ihnen das Leben kosten, denn er würde blitzschnell seinen Standort verändern, um auf die

Nächsten zu warten, es würde ein Totentanz werden auf diesem Friedhof, der die Ruhe von Jahrhunderten brach.

65.

Die Erinnerung zerriss.

Der Film war abgelaufen.

Er hielt die Waffe nun mit beiden Händen und richtete ihren Lauf in die Richtung des Geräusches, das er wieder vernahm. Wenn er nur eine Gestalt sah, so wollte er warten, bis die anderen Männer sichtbar wurden, treffen würde er sie auf diese Entfernung alle, es war wie auf dem Schießstand, nicht anders.

Da sah er die erste Gestalt. »Ich bin es«, hörte er sie leise und beinahe beschwörend rufen, es war eine Stimme, die er gut kannte, es war die Stimme des Detektivs.

Der gegnerische König ist gefallen, schoss es ihm durch den Kopf, *aber das tödliche Schachspiel geht weiter, auch außerhalb des Brettes, auf dem es stattgefunden hat.* Er sah die Waffe mit einem Schalldämpfer in der Hand des Detektivs, der aufmerksam in alle Richtungen spähte, sehr wachsam und lauernd, um dann leise zu sprechen.

»Ich habe Ihr Husten gehört. Seien Sie froh, dass ich es war. Ich gebe Ihnen mein Wort, dass Sie in Würde sterben, ich selbst werde Sie in Buddhas Arme führen. Einem japanischen Ehrenwort können Sie blindlings vertrauen. Eher sterbe ich, als dass ich es brechen würde.«

»Das weiß ich«, sagte Pechstein leise.

Dann folgte er dem Detektiv, vorbei an den Grabstätten, vorbei an all den Toten, deren Asche in der Erde ruhte, im endlosen Schweigen des Friedhofes.

Epilog

Der fünfzehnte Oktober war es, und die kaiserlichen Wappenblumen blühten, die so stolzen Chrysanthemen, und wie an jedem Tag erhoben sich all die Mönche des Zen-Klosters, immer um halb vier.

Barfüßig, mit kahl geschorenen Köpfen und in ihren einfachen Gewändern, saßen sie auf ihren schmalen Sitzkissen im Banne ihres schweigenden Meditierens. Jeder Tag glich dem Vortag.

Wie Brüder wirkten die Mönche, die man kaum unterscheiden konnte, nur einer hob sich heraus, besonders dann, wenn er zum Fuji-san blickte, dem fernen Tor zu einer anderen Welt und sie seine Augen sehen konnten, dieses Blau, so auffallend hell, dass sie es wohl nie vergessen würden.

Anmerkung des Autors

Man kann in Tokyo leben und recherchieren, man kann versuchen, auch in seine Abgründe hinabzutauchen, und lernt doch nur einen Bruchteil dieser gigantischen Metropole kennen, selbst wenn man glaubt, dass sie einem immer vertrauter wird, sie und ihre so liebenswerten Bewohner.

Ohne die dichterische Freiheit aber, die man einem Schriftsteller zubilligen muss und die mitunter auch abweichen kann von der Wirklichkeit, weil man aus der Erinnerung schöpft, wird man über diese Stadt der Superlative und ihre Bewohner nicht schreiben können. Kleine Irrtümer möge man mir verzeihen. Bestimmte japanische Worte habe ich bewusst nicht kleingeschrieben.

Bleiben aber wird wohl immer der Wunsch: noch einmal hinabzuschauen vom Berg der Götter und auf das so ferne Tokyo.

Danksagung

Danken möchte ich der rabenschwarzhaarigen Nanako und all den vielen Japanern, die mir – auch in unmöglichen Situationen – immer freundlich geholfen und mir alle Fehler geduldig verziehen haben und die mich führten, wenn ich mich total verirrt hatte im Labyrinth der namenlosen Gassen Tokyos.

Danken möchte ich dem Mann einer Mordkommission, der mir einen wohl entscheidenden Tipp für diesen Thriller gab. Namen möchte ich bewusst in der Anonymität ruhen lassen.

Und danken möchte ich meiner Lektorin Anne Geißler, deren wertvolle Hinweise sehr hilfreich waren und die somit ihren Beitrag zum Gelingen dieses Thrillers geleistet hat.

Jan Flieger, 2016

3,50 €
1217